열다섯에
곰이라니
2

열다섯에 곰이라니

2

추정경 장편소설

다섯
책방

『열다섯에 곰이라니』 시리즈에 보내는 독자들의 찬사

질풍노도의 시기를 보내고 있을 전국의 사춘기 아이들 모두 주목해야 할 책! 열다섯, 누구나 동물로 변한다는 사실을 알고 있니? _서*

1편에서 이어지는 기발한 상상력에 절로 박수가 나온다. 사춘기 아이들과 그들을 사랑하는 가족, 친구들 간의 진정한 교감이 느껴지는 작품이다. 다음 동물화는 누가 될지 궁금해진다. _n*****a

첫 장을 펼치자마자 빨려 들어갈 정도로 재미있게 읽었다. 동물화가 반복되는 아들 영웅을 따라 노란목도리담비가 되어버린 엄마의 이야기가 인상 깊었다. _박*현

사춘기 절정에 이른 아이들이 주변을 돌아보도록 해줄 책이다. 자녀와 부모가 함께 읽으면 서로를 이해하는 데 큰 도움이 될 것 같다. _눈******나

1편과 다른 아이들의 이야기가 펼쳐져 더 좋다! 사춘기 아들뿐만 아니라 갱년기 엄마까지 동물화된 설정이 기발하고 재미있다. _아**기

다채로운 캐릭터들로 사춘기 십 대들이 겪는 고충을 그려낸 소설이다. _해**더

짐승 같은 내 아이의 모습과 마음을 조금이나마 엿볼 수 있는 작품! _h***********e

십 대들에게는 공감을, 어른들에게는 어린 시절의 추억을 불러일으키는 작품이다. 자녀와 부모가 함께 읽기 좋은 책이다. _j*****7

사춘기 청소년들의 이야기를 동물화라는 색다른 설정으로 풀어냈다. 정신적, 신체적 변화를 맞이한 아이들이 하고 싶은 얘기들을 진솔하게 비유했고, 그 변화는 혼자가 아닌 너와 나, 우리가 겪어야 하는 과정이며 그 과정들을 함께 겪어내는 건강함에 대해 이야기하는 책이다. _고**9

동물 같은 사춘기를 바라보는 작가의 섬세하고 깊은 시선이 느껴진다. 이야기가 흥미롭기도 하지만 다루고 있는 주제는 결코 가볍지 않다. 사춘기의 방황과 일탈, 소통의 부재, 우정과 사랑에 이르기까지 무엇 하나 뺄 것 없는 이야기로 가득한 책이다. _p******s

책장을 넘기는 게 아쉬울 정도로 재미있다가 나도 모르게 눈물짓게 되는 작품! 소통이 어려운 사춘기 아이들을 동물로 변신시킨 작가의 상상력에 놀랄 수밖에 없었다. _k*****7

이미 사춘기가 지난 아이, 지금 사춘기를 지나는 아이, 곧 사춘기를 지나게 될 아이 모두가 꼭 이 책을 읽어보면 좋겠다. _j*****9

동물화라는 긴 터널을 지나 본래의 자리로 돌아오기까지, 외부의 도움 없이 자발적으로 노력하는 소설 속 아이들의 모습은 약하지만 빛이 난다. 사춘기 청소년들에게 큰 위로와 공감이 될 소설이다. _y****3

성장통을 겪는 십 대들의 모습을 '사춘기의 동물화'라는 설정으로 유쾌하면서도 감동적으로 풀어냈다. 부모의 존재와 역할뿐만 아니라 각종 청소년 문제까지 돌아보게 하는, 그러나 몹시 재밌는 소설. 강추! _홀*

앉은 자리에서 다 읽을 정도로 재미있고 유쾌하다. _천**커

차례

청해에게는 10년 동안 같은 장소에서 찍은 열 장의 사진이 있다. 다섯 살 때부터 열네 살이던 작년까지, 해녀였던 외할머니와 함께 같은 갯바위에서 찍은 사진이었다. 물질하러 들어간 외할머니를 기다리던 모습을 매해 어머니가 찍어주신 것이다. 어떤 때는 조개를 캐는 모습이었고, 또 어떤 때는 턱을 괸 채 하염없이 바다를 바라보고 있는 모습이었다. 할머니가 물에서 올라오면 쪼르르 달려가 망사리(해산물을 보관하는 주머니)를 받아 드는 사진도 있었다.

그러나 작년에 외할머니가 돌아가신 뒤로 갯바위 사진은 열 장에서 멈췄다. 청해는 두 번 다시 그 갯바위에 올라가지 않았다. 바다 위에 둥실 떠 있는 테왁(해녀가 물 위에서 몸을 의지할 때 쓰는 도구)만 봐도 외할머니가 생각났다.

그 10년의 사진을 보면 청해가 해마다 자라는 모습이 파노라마처럼 펼쳐졌다. 반면에 제주 바다는 점점 빛을 잃어가는 것이 느껴졌다. 스쳐 지나가는 관광객의 눈에는 보이지 않겠지만 매일같이 바다를 드나들던 외할머니는 그 변화를 누구보다 잘 알고 계셨다.

"청해야, 곱닥헌 제주 바당이 죽어지켜서 조들아점저. 잘도 모섭다이(청해야, 예쁜 제주 바다가 죽어가서 걱정돼. 아주 무섭구나).＂

외할머니의 말처럼 해가 갈수록 무서운 속도로 푸른 바닷속 암반의 색이 하얗게 변해갔다. 바닷속의 푸른 숲과도 같았던 모자반이 사라지면서 이웃하던 미역과 톳도 자취를 감췄다. 모자반과 미역을 집으로 삼던 성게와 소라, 전복, 물고기들도 사라지며 제주 바다는 황폐한 바다가 되었다.

언젠가 외할머니네 텃밭이 불타고 난 뒤, 벌레와 조그만 동물이 사라지고 단 한 번도 꽃이 피지 않았던 것처럼 이곳도 예전으로 돌아가지 않으리란 생각이 들었다.

텃밭에 불을 지른 것도 사람이었고, 바다에 공업용 폐기물을 들이부은 것도 사람이었다. 인간이 버린 쓰레기와 오폐수가 바다를 병들게 하고 그 안의 생명들을 서서히 죽이고 있다는 걸, 바다 곁에서 살아가는 이들은 알고 있었던 모양이다.

인간을 태어나게 한 것이 바다였음에도 정작 그 바다를 죽음으로 이끄는 것은 인간이라니. 너무나 슬픈 이야기였다.

이런저런 생각에 다다른 순간, 주파수가 맞지 않는 라디오의 지지직거림 같은 이명이 들려왔다.

삐이익, 삐이이이.

귀를 아프게 하는 소리에 청해는 잠시 멈춰 귀를 막았다. 한쪽 귀에서만 들리는 이 소리는 마치 작은 종달새가 귓바퀴에 앉아 외치는 울음소리 같았다. 갈매기 한 마리 보이지 않았지만, 수평선 너머의 누군가가 청해를 부르는 소리 같았다.

바다로 돌아가신 할머니가 자신을 부른 걸까?

모처럼 갯바위 쪽에 오니 생각이 많아지는 모양이다. 청해는 괜한 생각을 떨쳐내고 물속에 고개를 들이밀었다. 바닷속 사진을 찍기 위해 방수 팩에 밀봉한 카메라를 가져왔건만……. 물의 빛깔이 꼭 녹차라테를 들이부은 것처럼 푸르딩딩하고 뿌옜다.

"바다 색깔이 꼭 매생이죽 같네."

청해는 쓸쓸히 혼잣말을 했다. 바로 그 순간, 우렁 각시처럼 누군가가 대답했다.

"아이고, 제 얼굴색은 허옇게 뜬 처녀 귀신 같으면서."

"뭐?"

그러나 주위에는 아무도 없었다. 분명 사람 목소리를 들었지만 눈앞엔 튜브를 탄 동생 청아뿐이었다.

"청아야, 너 방금 그 소리 들었어?"

"무슨 소리?"

"처녀 귀신 같다는……."

"헐, 듣고 보니 좀 그런 것 같아. 언니, 아침 안 먹어서 얼굴이 허옇게 떴어."

"아니, 그게 아니라 진짜……."

청아 말대로 속이 비어 헛소리가 들렸나? 문득 진짜로 배가 고파졌다. 푸르죽죽한 바다를 보고 매생이죽이 먹고 싶어질 만큼.

"할머니가 끓여주시던 매생이죽 먹고 싶다."

"매생이죽 같은 소리 하네! 옜다, 죽빵!"

또 말소리가 들림과 동시에 갑자기 튀어 오른 파도가 철썩 청해의 뺨을 때렸다. 청해는 어안이 벙벙했다. 귓가에 생생히 들린 건 분명 사람 목소리였다.

"청아야, 이번엔 들었지?"

"들어? 뭘 들어?"

"매생이죽…… 죽빵."

"그 말은 언니가 했잖아."

"내 뺨을 갈기면서……."

"정신 차려, 언니! 뺨이라도 한 대 쳐줘?"

"나 분명 지금 뺨이 얼얼한데……. 그 소리도 들었는데."

"뭔 소리를 하는 거야? 물 먹어서 귀가 이상해?"

정말 이상한 일이었다. 귀신에 홀린 기분이었다.

"청아야, 예전에 그리스신화에서 노래로 뱃사람들 홀리던 물귀신 이름이 뭐였지?"

"그리스신화에도 물귀신이 나와?"

바로 그 순간 또다시 파도가 튀어 올라 청해의 뺨을 후려 갈기며 말했다.

"물귀신 아니고 세이렌, 이 바보야!"

"앗! 또, 또, 지금!"

청해의 외마디 비명에 청아는 고개를 절레절레 저으며 물 밖으로 나갔다.

"뭐, 뭐야? 진짜 물귀신이야?"

겁을 먹은 청해는 물속에서 유유히 헤엄치고 있는 물고기 두 마리를 발견하지 못했다. 카메라의 해상도가 좋았더라면 찍는 사진마다 지느러미를 꺾으며 포즈를 잡던 돌돔을 보고 더 기겁했을지도 모른다.

청해의 곁을 떠나 다시 보금자리로 돌아가던 감성돔이 돌 돔에게 물었다.

"근데 오빠, 저 여자애 괜찮을까?"

"뭐가?"

"쟤 오빠가 하는 말 알아들은 것 같은데?"

"그게 뭐."

"쟤 곧 동물화될 것 같다고. 어쩌지?"

"뭘 어째. 당첨이네 하겠지."

"아니, 쟤 물속에서 우리 말 알아듣는 거 보면 바다 동물이 될 거 같아. 저러다가 물 밖에서 변하면 어떡해?"

"남 걱정할 시간에 네 걱정이나 해. 너 낚시꾼 근처에 가지 말라고 내가 몇 번을 말해! 매운탕으로 세상 하직할래?"

"걱정 마! 내가 바보 천치도 아니고, 미끼를 물 리가 있어?"

"동물화되고 나면 동물적 본능이 강해진다고 몇 번을 말해. 네가 아무리 아니라고 해도 미끼를 보면 네 본능이 먼저 낚싯바늘로 달려들 거라고."

"걱정 좀 붙들어 매라니까 그러네. 우리보다 저 여자애가 더 걱정이다. 뭐가 됐든 곧 동물화될 것 같아. 바다에서 너무 멀리 떨어지면 안 될 텐데."

"됐어. 저런 특급 싸가지는 그냥 육지에서 변하는 게 나아. 땅바닥에서 징징거리고 있으면 제 부모가 다 받아줄 텐데 뭐. 바다에서 혼자 살아남지도 못할 애야."

고개를 갸우뚱거리던 감성돔 미도는 돌돔 중도에게 물었다.

"근데, 오빠. 아까 쟤가 사진 찍을 때 브이 한 거 아니었어?"

"물고기가 브이 할 손가락이 어디 있냐?"

"지느러미를 두 갈래로 벌리는 거 같았는데?"

"아니거든."

"맞는 거 같거든."

"아니거든!"

옥신각신 다투던 오누이는 암초가 많은 해역으로 헤엄쳐 가다가 슬쩍 뛰어 올라 그 아이를 돌아보았다. 여자아이는 여전히 파도와 씨름하며 바닷속 사진을 찍으려고 고군분투 중이었다. 앞으로 닥칠 파도가 얼마나 클지 꿈에도 알지 못한 채.

수없이 바닷물을 들이켠 바로 그 밤, 청해는 곯아떨어졌다. 평상시에는 꿈을 잘 꾸지 않지만 그날 밤은 이상하리만치 생생한 꿈을 꿨다. 휘영청 큰 보름달이 떠서 대낮같이 밝은 밤에 청해는 바다 수영을 즐기고 있었다. 달빛을 받은 물결이 은가루를 뿌린 듯 반짝였다. 파도가 다가와 청해에게 장난을 걸어왔다.

바다는 수많은 해조류가 나무처럼 군락을 이룬 울창한 숲과 같은 곳이었다. 갈색 숲을 거닐며 그 사이에 꽃처럼 피어 있는 소라와 성게를 보았다. 해조류 사이로 쏟아져 들어오는 햇빛에 조그만 물고기들의 비늘이 보석처럼 반짝였다.

곧 청해는 자신의 곁에서 하나둘 그들이 떠나가는 것을 보았다. 모자반과 감태가 사라지고 드넓은 바다가 텅 비어가는 것을 보면서도 속수무책이었다. 바다에 뿌려진 달빛도, 함께 노닐던 파도도 사라지고 마침내 청해는 물 한 방울 남지 않은 마른 땅 위에 서 있었다.

꿈이라기엔 정말 난해한 기승전결이었다.

꿈에서 깬 청해의 베개는 눈물인지 땀인지 모를 것으로 축축했다. 생각해 보니 어제 오후부터 오한에 걸린 것처럼 식은 땀이 나고 심한 갈증을 느꼈다. 청해는 냉장고로 가 생수 한 통을 꺼내 그 자리에서 비웠지만 그래도 갈증이 사라지지 않았다.

가족들과 조식을 먹기 위해 호텔 식당에 내려가서도 당최 밥이 넘어가질 않았다. 타는 듯한 갈증을 피할 길이 없어 음료수만 마시다가 방으로 돌아왔다.

이 목마름은 단순한 갈증이라기보다 온몸이 타들어 가는 듯한 고통에 가까웠다. 시간이 갈수록 숨을 쉬는 것도 어려워졌다. 샤워를 해봐도 달라지지 않아 청해는 래시가드와 스노클을 챙겨 숙소 앞 바다로 향했다. 바다로 가야 살 것 같은, 본능적인 이끌림이었다. 바닷물에 뛰어들어 몸을 담그자 그제야 안도의 한숨이 새어 나왔다.

"살았다."

자기도 모르게 튀어나온 말이었다. 이유를 알 수 없지만 바다에 온 순간 그 모든 고통에서 해방된 기분이 들었다. 허리춤까지 올라온 물속을 유유자적 걷고 있는데, 다가오는 청아의 목소리가 들렸다.

"언니, 너무 깊이 들어가지 마."

청해는 알겠다는 뜻으로 손을 흔들며 그 자리에 멈춰 섰다. 덜그럭거리는 스노클의 줄을 조절하고 다시 머리에 맞춰 쓴 후 바닷속에 머리를 넣었다. 어제에 비해 오늘은 파도가 잠잠했다. 그러자 어제와는 다른 바닷속 풍경이 보였다.

그저 커다란 해류만 있을 줄 알았던 바다 안에 여러 물길이 각각의 선을 따라 흐르고 있었다. 바다는 거대한 물웅덩이가 아니라 수십, 수백 차선의 고속도로였다.

물 온도도 조금 이상했다. 늘 차갑게 느껴지던 물이 이번만큼은 따뜻하게 느껴졌다. 물속을 노니는 다른 물고기들의 작은 움직임 하나하나까지 달리 느껴졌다. 물안경을 써도 잘 보이지 않던 물속 풍경이 잘 닦인 유리창 너머처럼 투명하게 보인 순간, 청해는 물 위로 솟구쳤다.

물 밖으로 긴 주둥이가 삐죽 올라왔다.

처음엔 쓰고 있던 스노클의 공기 유입부라 생각했다. 그러나 스노클은 물속으로 가라앉고 있었다. 청해는 주변을 돌아보려 고개를 돌렸다. 그런데 고개가 아닌 몸 전체의 방향이 바뀌었다. 마치 오리발을 신은 것처럼 작은 움직임에도 엄청난 반동이 느껴졌다.

그제야 청해는 자기 몸을 굽어보았다.

입고 있던 래시가드의 색이 푸른빛을 머금은 회색으로 바뀌어 있었다. 무엇보다 경악스럽게도 그 아래에 꼬리가 달려 있었다. 몸 반쪽이 인어 공주의 하체처럼 변한 것이다!

청해는 동생에게 다가가 말했다.

"청아야, 이것 봐! 나 인어 공주 됐어!"

토끼처럼 눈이 동그래진 청아는 입을 벌린 채 아무 말도 하지 못했다.

"여기 봐봐. 하반신이 물고기가 되었다고."

"어…… 어, 엄마!"

청아가 소리를 지르며 해안 쪽에 있는 엄마를 불렀다.

"엄마, 빨리 와봐! 여기 돌고래가 있어!"

그 순간 청해는 "왜 그래?" 하고 묻는 자신의 목소리가 마치 천천히 닫히는 낡은 문 소리 같다는 생각이 들었다.

끼이익. 그것은 사람의 목소리가 아니라 삐걱거리는 경첩 소리에 더 가까웠다. 소리의 진원지가 자기 자신임을 깨닫는 순간 몸이 바닷속으로 가라앉았다. 버둥거리면 버둥거릴수록 몸은 더 가라앉았다.

살기 위해 본능대로 움직인 순간, 청해의 몸은 물 밖으로 튀어 올라 공중에 둥실 떠올랐다. 그걸 본 사람들이 일제히 소리쳤다.

"돌고래다!"

하늘에 올랐다가 물속으로 처박히는 순간 깨달았다. 순식간에 나머지 몸까지 돌고래로 변했음을. 그래서 살짝 아쉬웠다.

'아, 그냥 하반신만 변하지. 거기까지만 변했으면 인어 공주였는데.'

저항하는 힘이 빠지자 그제야 수월하게 물속을 유영할 수 있었다. 생각을 놓아버리니 돌고래의 몸은 제 본능대로 자연스럽게 헤엄치기 시작했다.

청해는 바닥에 가라앉은 스노클을 입에 물어다가 동생 청아에게 던져주었다. 눈앞에 다가온 돌고래를 보고 어안이 벙벙해 있던 청아가 조심스레 입을 열었다.

"……언니?"

청해는 삐이익, 구슬픈 돌고래 울음소리를 냈다. 그러자 청아는 청해가 있는 깊은 바다를 향해 허우적거리며 계속 앞으로 다가왔다.

"언니, 언니 맞지?"

"오지 마, 여기 깊어!"

"언니!"

청아가 앞으로 한 발 내딛는 순간, 커다란 파도가 밀려왔다. 청해는 순식간에 물속으로 빨려 들어간 청아를 물 밖으로 밀어냈다. 청아가 가쁜 숨을 내쉬며 말했다.

"언니, 여기 있어. 내가 엄마 데려올게."

청해의 입에서는 삐이익, 이상한 소리만 새어 나왔다.

청아의 말을 듣고는 한달음에 달려온 엄마 아빠가 청해의 이름을 애타게 불렀다.

삐이익, 이번에도 새된 소리가 새어 나왔다.

"청해야, 너 청해 맞니?"

청해가 고개를 끄덕이자 엄마는 입을 틀어막고 그 자리에 멈춰 섰다. 당혹스러움과 놀라움에 모두 할 말을 잃은 얼굴이었다. 그사이 끝없이 들이치는 파도에 청해는 자꾸 모래사장 쪽으로 밀려 나왔다. 헤엄칠 수 없는 얕은 모래에 닿자 가족들은 청해를 끌어 올리려 안간힘을 썼다.

청해는 곧 깨달았다. 이제 자신이 속할 곳은 육지가 아니다. 바닷물 밖으로 나온 지 수 분이 지나자 목이 마르고 등이 따가워지기 시작했다. 화상을 입은 것처럼 살갗이 따가워 괴로웠다.

아빠가 해안구조대에 전화해 구조를 요청하는 사이 청아와 엄마는 대야에 물을 담아 와 청해의 등에 뿌려댔다. 빙 둘러싼 사람들이 청해의 모습을 찍어 SNS에 올렸다. 사람들은 돌고래가 된 청해를 신기해했고, 호기심 많은 아이는 청해의 지느러미를 잡아당기기도 했다.

그 순간 청해는 뭍에서 겪게 될 현실을 직시했다.

돌고래로 변한 자신을 가족들이 육지의 그 어디로 데려갈 수 있을까. 좁디좁은 집 욕조에서 다시 사람으로 돌아올 날만을 기다리며 살아갈 수 있을까. 아쿠아리움이나 돌고래 사육 시설에서 지낸다 한들 행복할 수 있을까.

오히려 바다에서 돌고래로 변한 것이 큰 행운임을 깨닫는 순간, 두렵고 막막했던 현실의 장막이 걷혔다.

청해는 몸을 튕겨 바다 쪽으로 조금 나아갔다. 모래에 쓸려 배가 아팠지만 다시 한번 꿈틀거렸다. 이를 지켜보던 청아가 다가와 물었다.

"언니, 왜 그래? 어디 불편해?"

청해는 고개를 돌려 바다 쪽을 가리켰다.

"바다로 가겠다고?"

청해가 고개를 끄덕이자 청아는 불안한 얼굴로 되물었다.

"정말이야?"

다시 한번 청해는 고개를 세차게 끄덕였다. 연년생 자매로 태어난 그 순간부터 청아는 언니와 모든 것을 공유하며 살아왔다. 티격태격하기 일쑤인 자매지만 누구보다 언니의 마음을 잘 아는 것도 청아였다. 언니의 생각을 읽은 청아는 통화 중인 아빠의 팔을 붙잡았다.

"아빠, 언니 바다로 보내야 해요."

"잠시만요."

잠시 통화를 중지한 아빠가 물었다.

"무슨 소리야."

"언니가 가겠대요."

"안 돼. 지금 구조대가 오고 있어."

"언니 수족관으로 가게 될 거잖아요."

"바다에 있으면 우리가 어떻게 찾아? 나중에 다시 사람으로 돌아올 건데 바다 한가운데면 어떡하고."

"그럼 구조대가 올 때까지라도 바다에 있게 해주세요."

그 말에 지켜보던 사람들도 이구동성 입을 모았다. 피부가 말라 고통스러워하니 돌고래를 바닷물 속에 있게 해야 한다고.

고민하던 아빠는 결국 휴대전화를 내려놓고 청해에게 물었다.

"정말 가고 싶어?"

"삐이이이."

"……아빠가 널 어떻게 찾지?"

"삐이이이."

말은 통하지 않았지만 진심은 소리 너머에서 왔다.

"……바다로 보내줄게."

누군가가 구해온 커다란 방수포에 청해를 조심스레 옮기고 열 사람이 달라붙어 그 귀퉁이를 잡았다. 수백 킬로그램이 나가는 돌고래를 들어 올린 사람들이 바다로 나아갔다.

허리춤 정도의 깊이까지 들어서자 청해의 꼬리지느러미가

움직였다. 조금 더 깊은 곳으로 나아가서야 청해는 자기 의지대로 몸을 움직일 수 있었다.

아빠가 깊은 곳으로 들어오자 청해는 주둥이로 아빠의 어깨를 툭 밀며 말했다.

"아빠, 더 들어오지 마. 나 혼자서도 잘할 수 있어."

"청해야, 기다려."

그 말에 청해가 크게 고개를 내저었다. 어떤 곳이든 가족들과 24시간 함께 있을 수는 없고, 이 바다보다 나을 게 없다.

언제가 됐든 사람으로 돌아온다고 했으니 그때까지 기다리면 될 일이라 믿기로 했다. 게다가 돌고래가 된 이후 어제까지 흐리게만 보이던 바다가 투명하고 맑게 보였다. 어떤 필터를 끼운다 해도 이보다 아름다운 바다 풍경을 담을 수 있을 것 같지 않았다.

바다는 아무것도 변한 게 없고 변한 것은 오직 돌고래가 된 자신뿐인데도 세상이 바뀌었다. 짙은 먹물과도 같은 불행에 시간이라는 깨끗한 물을 부으면 결국 모든 것이 희미해진다던가. 돌고래가 된 불행에 바다라는 거대한 물을 섞자 조금 전까지의 불안과 두려움이 사라졌다. 불행의 농도가 바뀌었다. 청해가 더 깊은 바다로 나가자 멀리서 청해의 이름을 부르는 아빠의 목소리가 들렸다. 그 소리가 점점 작아져 사라진 뒤에야 청해는 비로소 혼자가 되었다.

누군가 만약 바다는 어떤 곳이니, 묻는다면.

돌고래인 제가 본 바다는요. 왕복 8차선 경부고속도로도 있고, 물고기가 빽빽이 들어찬 산호초 아파트도 있고, 잘 가꾼 모자반 숲도 있고, 기름진 논밭 같은 대륙붕도 있는, 육지의 물속 버전입니다.

청해는 그리 답할 수 있겠다고 생각했다.

실제로 돌고래가 되어 바라본 바다의 물길은 경부고속도로를 능가하는 수십 개의 길로 이루어져 있었다. 물살은 작은 길이었다. 썰물과 밀물이 큰길이 되고, 해류는 한눈에 담을 수 없는 그 이상의 더 큰 길이었다.

돌고래의 몸으로 바닷속을 헤엄치다 보니 이 물살의 힘이 얼마나 강한지 직접 체험할 수 있었다. 조그만 해류일지라도 한번 휩쓸리면 중간에 그 물살에서 헤어 나오기가 힘들었다. 젖 먹던 힘까지 써가며 흐름이 바뀌는 타이밍을 잘 잡아야 비로소 큰 물살에서 벗어날 수 있었다.

그 거대한 물살을 경험한 후부터 청해는 쉽사리 먼 바다로 나아가지 못했다. 아무도 의지할 수 없고 도와줄 수 없는 망망대해에서 큰 해류에 휩쓸리면, 자기도 모르게 태평양 한가운데까지 떠내려가지 않을까 불안한 마음이었다.

그렇게 찾은 곳이 바닷가 근처의 원담이었다.

원담은 돌을 쌓아 만든 제주의 천연 어장으로, 밀물에 들어온 물고기가 썰물에 물이 빠지면 자연스레 갇혀 나가지 못하는 구조였다. 밀물 때 다시 바다로 나갈 수 있음을 아는 청해의 입장에서 원담은 함께 갇힌 물고기를 잡아먹으면서 쉴 수 있는 바닷속 호텔이나 다름없었다. 청해는 해변가 원담에 지친 몸을 의탁했다. 원담의 돌은 제주의 수많은 돌담이 거친 바람을 막듯 거센 물살을 막아 청해를 지켜주었다.

길고 긴 밤 동안 파도 소리만 들렸다. 혼자가 되어 두려운 밤바다에서 원담은 포근한 요람처럼 길고 달콤한 잠을 선사했다.

날이 밝고 나서야 청해는 비로소 드넓은 원담 주위를 한 바퀴 돌아보았다. 원담 밖으로 빠져나갈 때를 놓친 물고기들이 청해의 아침 식사가 되었다. 오후가 되어 다시 밀물이 들어오자 남은 물고기 떼는 도망가고 곧이어 다른 물고기 떼가 들어왔다.

청해는 다시 바다로 나가고 싶지 않았다. 사람으로 돌아올 때까지 바다에서 이곳만큼 완벽한 보호소는 없을 것 같았다.

원담 안을 유유자적 노니는데 뜻밖에도 사람 목소리가 들렸다.

"오빠, 이 돌고래 이상하지 않아?"

"뭐가?"

"돌고래는 무리를 지어 다닌다며? 얘는 혼자 있는데?"

"원래 원담에 들어와서 며칠씩 머무는 돌고래들 많아. 길게는 한 달도 살다 나간대."

"얘 완전히 꿀 빠네. 그럼 우리는?"

"어떻게 돌고래랑 같이 원담에 있어? 밀물 들어오면 나가야지."

오랜만에 듣는 사람 목소리가 반가웠다. 주위를 살펴보니 목소리의 주인공은 청해처럼 원담 안을 노닐고 있는 물고기 두 마리였다. 말하는 것을 보면 저들도 동물화된 사람이 분명했다. 같은 돌고래가 아니라 아쉬웠지만 바다 한가운데서 동물화된 사람이라니, 이보다 더 반가울 순 없었다.

"저기요."

청해가 알은체하는 순간, 두 물고기가 멈춰 섰다. 그리고 바로,

"튀어!"

둘은 순식간에 바위틈으로 사라졌다. 몰래 게임을 하고 있는데 엄마가 방으로 들어와 후다닥 화면을 바꾸는 것처럼 잽싼 속도였다.

영문을 몰라 어리둥절한 청해와 달리 바위틈에 숨은 물고기들은 아가미를 가쁘게 펄럭이며 속삭였다.

"근데 오빠, 우리 왜 숨어?"

"물고기 본능! 이 몸은 조금만 이상해도 재깍 반응하게 되어 있잖아."

"아……."

"와! 번개 같은 반응 속도였어!"

"근데 저 돌고래, 사람 아냐?"

"으응?"

"말을 걸었잖아. 저기요, 하고."

"어, 그랬던 것도 같고."

"게다가 쟤, 어제 걔 같아."

"누구?"

"매생이죽."

그 말을 듣자 돌돔은 조금 맥이 빠졌다. 돌고래로 변한 사람이라면 말이 통할 사이니 군이 이렇게 몸을 숨길 이유가 없는데도 너무 모양 빠지게 도망친 것 같았다. 이제 와 생각해 보니 불 싸대기로 장난친 어제 일도 다소 민망해졌다. 그러나 돌고래가 그 일을 알 것 같지는 않았다. 보아하니 이 원담에서 쭉 지낼 모양인데 이미 서로 사람인 걸 안 마당에 아닌 척하기도 곤란했다. 그들도 사람이 될 때까지 원담에 머무를 계획이라 서로 보금자리를 공유할 사이에 최소한의 인사는 하는 게 좋을 듯했다.

돌돔은 목청을 가다듬고 아무 일 없다는 듯 바위틈에서 나왔다. 돌돔과 감성돔이 다시 모습을 드러내자 청해의 분수공에서 뽀글뽀글 안도의 물방울이 피어올랐다.

"저, 혹시⋯⋯."

"동물화냐고?"

"네. 맞죠?"

"맞긴 맞아요. 근데 갑자기 말을 걸어서 물고기 센서가 발동됐어요."

"겁줄 생각은 없었는데. 미안해요."

"아니, 우린 겁먹지 않았어요. 그냥 센서라니까."

"아, 네."

"근데 언제 돌고래가 된 거죠?"

"어제⋯⋯."

"아, 말을 알아듣자마자 바로 변했구나. 뭐, 바다에서 멀어지기 전에 변했으니 잘된 일이네."

말을 알아듣자마자 변했다니? 청해는 속으로 고개를 갸우뚱했다.

"막상 바다로 오고 나니 지낼 곳도 그렇고 모든 게 다 막막해요. 언제까지 바다에 살아야 하지, 괜히 깊은 바다로 들어갔다가 하필 그때 사람으로 돌아오면 어쩌지, 하고 짧은 시간 동안 별의별 생각이 다 들더라고요."

"내가 그 몸이었으면 제주 바다를 헤집고 다녔을 텐데. 돌고래는 수십, 수백 마리가 조폭처럼 떼 지어 다녀서 돈 뜯기 딱 좋은 바다의 양아치들이고만. 꼬리 한 번 팅기면 몇 미터를 쭉쭉 날아가는 몸인데 뭐 하러 이 원담에 숨어 지내려는 거지?"

한껏 아니꼬움이 묻어나는 말투에 감성돔이 오빠 돌돔을 살짝 들이받으며 눈치를 줬다.

"아니, 나 같으면 더 넓은 바다로 나가 신나게 돌아다녀 보겠다, 이 말인 거지. 나도 원래 덩치라면 범고래, 혹등고래 정도가 돼야 정상인데 고작 이런 고래 코딱지 사이즈라 여기 있는 거라고."

그 말에 감성돔이 뻐끔, 물방울을 피워 올리며 말했다.

"웃기셔! 혹등고래가 아니고 그냥 혹이겠지. 내 등에 붙은 혹."

"누가 누구더러 혹이라지? 너야말로 나한테는 짐이지. 그냥 짐 아니고 푸짐!"

"뭐? 말 다 했어?"

"내가 왜 동물화되어서까지 베이비시터 노릇을 해야 하냐고. 같은 날 쌍둥이로 태어난 것도 짜증 나는데 한날한시에 같은 물고기로 동물화까지 맞출 필요는 없잖아."

"흥! 누군들!"

둘 다 티격태격 다투는 데 몰두하느라 눈앞에 청해가 있다는 사실조차 잊은 듯했다. 청해가 조심스레 꼬리를 움직이자 강력한 물살이 두 돔 사이를 갈라놓았다. 그럼에도 둘의 말다툼은 멈추지 않았다.

"넌 하도 질질 짜서 감성돔이 된 거야!"

"그럼 오빠는 머리가 돌이라 돌돔이 된 거냐?"

"뭐, 돌? 내가 기억력이 얼마나 좋은데! 지난주 돔 시세 읊어봐?"

"자기가 무슨 어시장 경매사라도 되는 줄 아나."

"감성돔은 자연산 1킬로에 7만 원, 중국산 양식은 6만 5000원, 돌돔은 국산 1킬로에 14만 8190원, 수입산은 13만 7260원이야. 이래도 내가 돌이냐?"

"그딴 물고기 시세 외워서 뭘 어쩔 건데? 우리 집 횟집 하고 오빠는 횟집 아들이라고 뿜뿜하려고?"

"야, 내가 이 말까지는 안 하려고 했는데⋯⋯."

안 하려던 말은 안 하는 게 좋을 텐데. 제삼자인 청해였지만 다음 말은 뜯어말리고 싶어졌다.

"너 돔 시세 듣고 뭐 느끼는 게 없냐?"

"뭐? 질질 짜는 내가 또 뭘 느껴야 하는데?"

"네가 7만 원이면 난 14만 원이라고. 내가 너보다 두 배는 더 비싸!"

"허 참! 횟감이 됐을 때 두 배가 더 비싼 게 자랑스러운 거야? 오빠는 씹히는 맛이 더 쫄깃쫄깃한 게 돼지게 자랑스럽나 보지?"

말이 끝나기 무섭게 돌돔과 감성돔은 서로를 향해 달려들었다. 지느러미를 물어뜯고 꼬리로 때리는 살벌한 육탄전이 시작됐다.

청해는 이러지도 저러지도 못하다가 둘 사이를 비집고 들어갔다. 그러나 눈에 뵈는 게 없는 돌돔의 강력한 지느러미 편치가 청해의 뺨을 휘갈겼다. 워낙 사이즈 차이가 커서 치명상은 아니었지만 뺨을 맞으니 억울한 마음이 들었다.

"오빠, 그만 좀 해! 얘 또 뺨 맞았잖아!"

"그러게 누가 끼어들래? 이번에는 일부러 때린 거 아냐."

그 말을 듣는 순간 청해는 어제 자기 뺨을 후려갈긴 게 파도가 아닌 돌돔이었음을 확신했다.

"잠깐! 어제 내 뺨을 때린 게 너였어?"

"그건…… 그냥 장난이었어. 네가 매생이죽 어쩌고저쩌고해서 그냥 놀려주려고."

"넌 때리는 게 놀리는 거야? 그리고 이제 와서 그걸 믿으라고?"

"믿든지 말든지 그건 내 알 바 아니고. 이 넓은 바다에서 그나마 먼저 동물화된 우리를 만난 걸 다행이라 생각해. 넌 주변에 아무도 없고 혼자잖아. 게다가 아까도 얘기했지만 우리가, 아니 내가 좀 시세가 나가는 귀한 몸이시거든."

"돔이라는 게…… 혹시 광어, 우럭, 도미할 때 그 도미야?"

"맞아. 모둠회에 있는 도미! 우리 집에서도 모둠회가 제일 잘 나가."

감성돔의 감성 어린 대답에 청해는 어이가 없어졌다.

"그래? 근데 나 너무 오래 헤엄쳤더니 배가 고픈데. 돌고래는 뭐 먹고 살아?"

횟집 딸 감성돔 미도가 또 한 번 자신 있는 목소리로 대답했다.

"돌고래는 작은 군집성 물고기나 오징어를 먹어. 나 돌고래 수족관 가서 먹이 많이 줘봤어. 많이 먹을 때는 하루에 수십 마리를 먹어도 배가 안 찬대."

"아, 작은 물고기라……. 작은 물고기라면 어느 정도 크기를 말하는 거지?"

"뭐, 한 20센티 정도?"

이 무서운 말을 길이 20센티미터에 달하는 어리고 육질이 연한 감성돔이 하고 있었다. 돌고래가 던진 질문과 배고픔이 얼마나 섬뜩한 의미를 담고 있는지 알아챈 돌돔이 주춤주춤 옆으로 헤엄치며 감성돔을 불렀다.

"미, 미도야. 우리 줄행랑에 숨겨둔 조개 꺼내러 갈 시간 아닌가?"

"줄행랑? 줄행랑이 어디야?"

"우리 거기 가서 저녁 먹어야지."

"무슨 소리야. 이쪽이 더 급하지. 얘는 돌고래로 변하고서 아직 한 끼도 못 먹었을 거 아냐. 얘도 몇 번 사냥해 보면 알 거야. 그치, 오빠?"

눈치 없는 감성돔은 돌돔의 다급한 신호를 알아듣지 못한 채 청해 앞으로 더 가까이 나아가며 말했다. 그리고 바로 그때, 전광석화처럼 돌진한 청해가 주둥이로 감성돔을 튕겨내고 도망가려던 돌돔을 한입에 집어삼켰다. 눈앞에서 순식간에 오빠를 잃어버린 미도가 경악하며 소리쳤다.

"오빠! 중도 오빠!"

오빠가 잡아먹히는 모습을 목격한 미도는 이성을 잃고 청해를 머리로 들이받으며 울부짖었다.

"이 살인 돌고래! 우리 오빠 살려내! 살려내란 말이야!"

아직 다 자라지 않은 성체라 20센티미터 정도밖에 되지 않았지만 작정하고 달려들어 지느러미를 물기 시작하니 그 작은 이빨도 꽤 아프게 느껴졌다. 그러나 청해는 돌돔이 돌고래의 입안에서 제대로 반성할 시간을 갖기까지 꾹 참고 기다렸다.

청해는 입에 돌돔을 문 채 이리저리 머리를 흔들어댔다. 그렇게 몇 번 엎치고 메치기를 반복하다가 돌돔을 뱉어냈다. 돌고래의 입에서 튕겨 나온 돌돔은 한동안 정신을 차리지 못하고 휘청대며 말했다.

"나, 나 맛없어. 자연산 아니고 우리 집 양식이야. 어려서부터 항생제 많이 먹어서 골골거리고 맛없어."

"오빠, 괜찮아?"

한참 동안 헛소리를 하며 휘청대던 돌돔이 마침내 정신을 차리고 자기 몸을 돌아보았다.

"지, 지느러미 한쪽이 안 움직여."

"그건 하도 비실거려서 들러붙은 거야. 힘줘서 떼어봐."

"이봐, 흐물흐물하잖아!"

"오빠는 원래 팔에 근육 하나 없고 종잇장 같았잖아."

"꼬리도 흐물거려."

"오빠 다리 원래 극세사였거든. 할머니가 내 다리는 총각무 같고 오빠 다리는 마늘종 같다고 했던 말 기억 안 나?"

그 둘을 물끄러미 보고 있던 청해가 말했다.

"싸움은 집에 가서들 하시고, 너희 중 누군가는 나한테 다른 할 말이 있을 것 같은데."

"무슨 말?"

"이를테면, 미안합니다, 겠지?"

자신의 포식자가 누구인지 깨달은 오누이는 아무 말도 못 한 채 얼어붙어 있었다.

"둘 중에 하나는 할 말인데 아무도 사과를 안 하네?"

"……."

"그래, 아까 돌고래는 하루에 물고기 수십 마리를 먹어도 배가 안 찬다고 했지?"

"아, 아니! 아니야! 내가 그랬어. 사과할게. 미안해!"

돌돔은 숨 한번 쉬지 않고 잘못을 시인했다.

"죽을죄를 지었어. 바다에서 놀기만 하다 보니 심심해서 그랬어. 너도 들었잖아. 내 꼬리는 극세사 꼬리라 힘도 없고 비실비실해서 맞아도 안 아플 줄 알았어!"

"물 싸대기라 찰지게 아팠거든? 그리고 내가 바다를 매생이죽이라 부르든 전복죽이라 부르든 뺨따귀 맞을 일은 아니지 않나."

"미, 미안해. 장난이었다고."

"그래. 나도 아까 너 삼켰던 거 장난이었으니까 퉁쳐."

"야, 사람이 죽을 뻔했는데 그게 어떻게 장난이야!"

"봐, 그렇잖아. 너도 화나고 발끈하잖아. 네가 장난이라고 말한다 해서 장난이 되는 게 아니고 받는 쪽도 그렇게 받아들여야 장난이야. 어제 맞은 뺨이 아직도 얼얼하다."

"미안……."

"사과는 그쯤 하면 됐고, 아까 너희 둘이 하던 말 말이야. 돌고래는 무리를 지어서 다닌다고 했잖아. 그 말 진짜야?"

"우리도 지켜보니 그렇다는 거지. 잘은 몰라."

"어쨌든 나도 그 돌고래 무리에 합류하는 게 좋다는 뜻이겠지?"

"너 같은 남방 돌고래는 거의 100여 마리가 떼를 지어서 다니니까 아무래도 뭉쳐 있는 게 낫겠지."

"나 같은 돌고래가 100마리나 된다고?"

"가끔 소규모로 다니는 애들도 봤어."

"단체 생활을 한다는 거네."

"근데 마릿수가 중요한 게 아니고 소리가 중요해. 돌고래가 내는 주파수를 빨리 익히는 게 좋을 거야. 걔들은 초음파로 서로 이름도 부르고 사냥도 하거든."

"초음파는 또 뭐니?"

"돌고래 언어. 제2외국어라고 생각하면 돼."

"오, 너 보기보다 똑똑하네."

조금 전의 위급 상황을 그새 까먹은 듯 돌돔은 다시 우쭐 거리는 모습으로 돌아왔다.

"야, 이래 봬도 나 아이큐 148이야. 맨유 회원이라고."

"축구팀 맨유?"

돌돔 중도는 잠시 퓨즈가 나간 기분이 들었다. 이상한 일이었다. 요즘 들어 자꾸만 생각이 끊기고 자주 쓰던 단어조차 기억 저장고에서 사라지는 기분이었다.

"아, 미안! 말이 헛나왔네. 나사, 나사 회원이라고."

돌돔은 청해의 묘한 표정을 보며 또 뭔가가 잘못됐음을 인지했다.

"멘사…… 말하는 거지?"

"그래, 멘사, 멘사! 농담 한번 해봤어."

중도는 자신이 진짜 물고기가 된 것 같아 섬뜩한 기분이 들었다. 물고기는 기억력이 3초라는 말에 코웃음을 쳤었건만 더 이상 남의 일이 아니었다. 진땀을 빼는 중도와 달리 청해는 저 돌돔이 이상한 말장난으로 또 자신을 물먹이는 게 아닌가 싶었다.

혼이 빠진 오빠를 대신해 감성돔 미도가 청해에게 말했다.

"너무 연안에만 있으면 돌고래 무리를 만나기 어려워. 협재 쪽으로 가든가, 조금 더 깊은 곳으로 나가서 찾아보는 게 좋을 거야."

"혹시 나더러 여길 떠나라고 일부러 흘리는 말이야?"

"돌고래는 서로 돕고 살아. 새끼도 같이 키우고 사냥도 같이 하고. 어울리지 않는 돌고래는 오래 못 살아."

"그 돌고래 무리를 만난다고 해도 말이 안 통하잖아. 나는 여전히 사람 말을 쓰는데?"

"그러니까 빨리 초음파를 배워야지."

"어떻게?"

"끼이이이익. 칠판 긁는 듯한 소리가 돌고래들이 내는 소리랑 비슷해. 돌고래는 머릿속에 멜론인지 수박인지 하는 기관이 있다는데 그걸로 초음파를 쏘면 주변에 동료들이 있는지 알 수 있댔어."

"난 그 초음파 어떻게 쏘는지도 몰라."

"넌 지금 돌고래잖아. 뭘 하든 본능적으로 다 되게 돼 있어."

"말하는 듯이 '야!' 이렇게?"

"아니, 방송에서 욕이나 비방용 말을 처리할 때 쓰는 삐이이이이, 소리처럼."

"욕을 하라고?"

"욕을 하고 싶은 마음을 담아서 삐이이이, 자체 처리를 하라고. 너 어제 우리 오빠한테 맞았을 때 그 기분이 어땠어?"

"더러웠지."

"그 기분으로 삐이이이이, 해봐."

"삐이이이?"

듣고만 있던 돌돔이 결연한 표정으로 말했다.

"미도, 넌 빠져. 사람 속 긁는 건 내가 전문이야. 내가 이렇게까지
는 안 하려고 했는데, 너 말이야. 어제 보니까 피부도 처녀 귀신처럼
허여멀건한 데다 여드름투성이인 게 돌고래보다 혹등고래 같더라.
갑자기 나타나서 잡아먹겠다고 달려드는 건 귀신고래 같기도 하고.
그놈의 성격은 어찌나 드센지 두 눈 치켜뜨고 잡아먹겠다고 달려들
때는 백상아리가 따로 없……."

"삐이이이이이이이이!"

청해에게서 높고 가는 소리가 터져나왔다. 삐익, 삐익! 호
루라기 소리 같기도 하고 가을밤 찌르륵찌르륵 우는 풀벌레
소리 같기도 했다. 그 고주파에 돌돔이 나가떨어졌다.

"거봐, 되잖아!"

계속 음파를 발사하던 청해에게 어떤 깨달음이 왔다.

"어라, 이거 되게 신기하다."

"뭐가?"

"저 바위를 향해 초음파를 쏘니까 바위까지의 거리가 머릿속에
자동으로 계산돼."

"정말?"

"그냥 내 머릿속에 바로 '10미터, 세 번 꼬리를 팅기면 닿는 거
리'라고 떠오르는데?"

"돌고래들은 초음파로 정보를 안다더니 진짜였네."

한껏 들뜬 청해는 바닷속 이곳저곳을 향해 초음파를 쏘아 대기 시작했다. 초음파가 닿아서 돌아오는 모든 정보가 청해의 머릿속에 떠올랐다. 바위에 붙은 작은 갯고둥의 이름도, 흐느적거리는 모자반의 길이도. 보이는 곳까지 가는 데 걸리는 시간과 거리는 자동으로 계산됐다. 파장만으로 이 모든 걸 알 수 있다는 게 신기할 따름이었다.

물리 시간에 졸면서 들었던 입자와 파동의 차이를 몸소 체험하는 순간, 무섭기만 했던 바다 세계가 친근하게 다가오는 기분이 들었다. 자기도 모르게 기쁨의 감탄사가 파장으로 터져 나왔다.

"와, 이건⋯⋯. 어이쿠! 이렇게까지."

"뭐가?"

"아, 아니야."

"왜? 뭔 특급 기밀이기에 말하다가 말아. 뭔데?"

"말하고 싶지 않아."

"우리는 너한테 영업 비밀도 다 알려주고 살신성인으로 초음파도 쏘게 했는데, 넌 금싸라기 정보는 쏙 뺀다는 거냐?"

"그게⋯⋯ 일부러 그런 건 아닌데 너한테 닿은 파장이 튕겨 돌아왔어. 그리고 머릿속에 네 정보가 떠올랐어."

"뭐, 그럴 수 있지. 그래서 나는 뭐래?"

"어? 어⋯⋯ 너 인기 많다고."

그 말에 중도가 지느러미를 튕기며 피식 웃었다.

"내 참. 이놈의 인기는 바닷속에서도 변함이 없네. 뭐, 너희 초음파에는 내가 킬로당 14만 원이란 것도 잡히나? 아니면 키 180에 겁나 잘생겼음, 그런 정보도 뜨고?"

"아니……. 사람 정보는 안 뜨고 지금의 너에 대한 것만 떠."

"훗. 나에 대해 뭐래?"

"너는 18센티 돌돔, 겁나 맛있음, 다른 돌고래들에게도 인기가 많으니 보는 즉시 잡아먹어야 함……."

주둥이가 툭 벌어진 돌돔의 표정은 충격과 공포 그 자체였다.

"거봐. 내가 말하고 싶지 않다고 했잖아."

"너 설마 그게 진짜라고 믿는 건 아니지?"

"사실 아까 네가 내 혀에 닿았을 때 입안 가득 맛있는 향기가 느껴졌거든. 사람이라는 걸 몰랐다면 그대로 삼켜버리고 싶은 충동이 들었어."

돌돔의 지느러미가 파르르 떨렸다. 중도는 지느러미에 모터라도 단 듯 빠르게 바위틈으로 사라져 버렸다. 행여나 청해가 쫓아올까 지그재그 갈지자로 헤엄치는 것도 잊지 않았다. 녀석이 지나간 자리에는 물방울만이 보글보글 남았다.

겁에 질린 감성돔이 청해에게 간청하듯 말했다.

"저기, 그 초음파, 나한테는 쏘지 마. 내, 내가 돌돔보다 싼 데는

다 이유가 있는 거야. 난 정말 맛이 없을 거야."

겁먹지 말라는 말 대신 삐이익, 고주파가 발사됐다. 그러나 반사되어 되돌아온 파장은 감성돔이 더 끝내주는 맛이라 알려 주었다. 고주파를 들은 감성돔마저 줄행랑쳤다.

그리고 아주 오랫동안 청해는 돔 오누이를 만나지 못했다.

그날 이후 청해는 낮 동안 돔 오누이에게 원담을 양보하고 깊은 바다로 사냥을 떠났다. 어차피 원담 안에 있어봤자 오누이는 지느러미 하나 내보이지 않았다. 다른 물고기들 역시 마찬가지였다.

돌고래 청해가 나타나면 바닷물이 갈라지듯 물고기들이 사라졌다. 주변에 움직이는 것은 흔들리는 모자반뿐이었다. 사냥을 마치고 원담으로 돌아와도 상황은 마찬가지였다.

"일부러 먼 곳까지 가서 안면 없는 물고기만 골라 먹고 오는데……. 치! 무서워하든가 말든가."

포식자가 두려워 숨는 거라지만 괜히 따돌림당하는 기분이 들어 서글퍼졌다.

누구와도 말을 하지 않는 시간이 길어질수록 마음속이 황량하게 변해갔다. 맛있는 물고기를 먹어도 그때뿐이었다. 무엇을 해도 흥이 나지 않았다. 말하지 않자 생각하지 않게 되고, 머릿속은 점점 뿌연 안개로 차오르는 듯한 기분이 들었다.

"학교도 안 가고, 시험도 없고, 잔소리하는 사람도 없는데 왜 이리 서글프지? 왜 이리 외롭지?"

바닷속은 고요하기만 했다.

"친구 하나만 있으면 좋겠다. 딱 하나만……."

누구와도 말하지 않고 몇 날 며칠을 지내는 게 이렇게 외롭고 서글픈 일이라는 걸 예전에는 왜 몰랐을까. 청해는 누구라도 좋으니 말이 통하는 사람과 이야기하고 싶을 뿐이었다.

돌담 틈에서 오돌오돌 떨며 청해의 혼잣말을 듣고 있던 오누이는 격하게 공감했다.

"구구절절 공감 버튼인데."

"그러게. 잡아먹지 않는다는 보장만 되면 말동무라도 해주겠는데, 쟤는 이미 우리를 입에 넣어봤잖아. 왜 맛있는 향기가 났다는 말을 해서 더 무섭게 만드냐고."

"우리가 아니고 나만이지. 넌 잡아먹힐 뻔한 그 공포를 몰라."

"오빠, 쟤가 나한테도 고주파 쐈다니까그래! 나도 얼마나 맛있는지 알아보려 한 거라고!"

"아이 씨! 나도 폼 나게 돌고래가 돼야 했는데. 18센티가 뭐냐, 18센티가!"

"이제 와서 무슨 소용이야. 그냥 신경 끄고 돌돔으로 살아. 그나마 내가 옆에 있어서 다행이라고 생각하셔."

"네가 옆에 있는 게 벌이 아니고 다행이냐?"

"저 돌고래 봐봐. 쟤는 저기서 머리에 꽃만 달면 살짝 맛이 간 돌고래로 보여. 얼마나 처량하고 안쓰럽냐."

"내가 저 몸이었으면 온 바다를 다 헤집고 바닷물고기란 물고기는 다 먹어보며 산다! 저 몸을 가지고 이 좁은 원담에는 안 있지."

"그러니까 내 말이!"

30분째 돌담 틈에 숨어 있느라 지느러미에 쥐가 난 돔 두 마리가 속삭였다. 좁은 자리에서 오누이가 티격태격하는 사이 청해는 원담을 몇 바퀴나 돌았다.

사실 청해는 돌담 구멍 사이에 돔 오누이가 숨어 있는 것을 알고 있었다. 잡아먹을 의사가 없다는 사실을 알려주려고 일부러 혼잣말하며 그 근처를 배회했지만 둘은 쥐 죽은 듯이 숨어서 나올 생각을 하지 않았다. 나오면 사과부터 하고 말을 걸어볼 생각이었지만 청해는 씁쓸함을 혼자 삭여야 했다.

사람들과 굴비처럼 엮이는 게 제일 싫다고 떠들어댔었는데. 그 소원대로 세상에서 가장 고립된 곳에 혼자 있게 된 마당에 벌받는 기분이 들다니.

여기서 죽으면 우리 가족은 내 몸을 찾을 수 있을까. 내가 나인지는 알까. 몸무게가 200킬로그램이 넘는다던데 날 들어 올릴 수나 있을까. 나도 제돌이처럼 등지느러미에 이름을 새기고 떠나올걸 그랬나. 지금이라도 새길까. 드라이아이스로 급속 냉동된 동결 낙인을 찍는다는데, '청해'라는 이름은 획수가 많으니 이니셜 'CH'로 새겨야 할까. 'CH'를 '대' 자로 잘못 보면 어쩌지. 소짜도 아니고 대짜, 대짜 돌고래……

팬한 잡생각에 머리가 복잡해져 움직임을 멈춘 청해는 몸이 조금씩 아래로 가라앉았다. 그저 힘을 빼고 잠시 쉬는 것이지만 누가 보면 삶을 포기했다고 오해하기 딱 좋은 모양새였다.

바로 그 순간, 저 아득한 수면으로부터 엄청난 속도의 무엇이 청해를 향해 돌진했다. 몸을 피할 틈도 없이 맞닥뜨린 건 야생의 돌고래였다.

녀석은 다짜고짜 청해의 몸을 떠받쳐 수면 위로 밀어 올렸다. 청해가 가라앉는 게 잘못됐다고 생각한 건지 자꾸만 청해를 밀어 올리려고 애썼다. 잔뜩 겁을 집어먹은 청해가 도망가려 하자 녀석은 끝까지 청해를 쫓아왔다. 속도로 따지자면 벌써 따라잡았을 텐데 어쩐 일인지 녀석은 청해가 도망가는 딱 그 속도로 뒤따라왔다.

마음의 준비도 없이 진짜 돌고래를 만나니 머릿속이 하얘졌다. 청해보다 더 큰 덩치에 암컷인지 수컷인지조차 가늠할 수 없었다. 젖 먹던 힘까지 쥐어짜 도망가다가 옆을 흘낏 보면 녀석은 산책이라도 나온 듯 편안한 표정으로 청해를 관찰하며 쫓았다.

살짝 기분이 나빠지려는 찰나, 큰 해류의 시작점에 다다랐다. 그때 돌고래가 다급히 청해의 앞을 막아섰다. 마치 더는 가지 못하게 말리는 눈치였다.

겁을 먹은 청해가 다급히 되돌아서자 녀석은 청해를 배려하듯 다시 거리를 두고 쫓아왔다. 움츠러든 청해가 놀라지 않게 아까보다 좀 더 거리를 두는 모습이었다.

해류를 벗어나 연안 근처에 닿았을 때 녀석이 삐이이이, 낮은 목소리로 말을 걸어왔다. 청해가 돔들에게 쏘았던 고주파와 달리 낮은 음파였다. 뭐라 속삭이는 듯했지만 청해는 돌고래의 말을 하나도 알아듣지 못했다.

"미안, 난 너희 같은 돌고래가 아니야."

청해의 목소리를 들은 돌고래는 조금 충격을 받은 모습이었다. 생소한 음역대의 소리를 내는 이상한 돌고래를 만났으니 놀라는 것이 당연했다.

잠시 멈칫하던 녀석은 다시 삐이익, 낮은 소리를 냈다. 역시 알 수 없는 말이었다. 녀석이 고개를 갸우뚱거리며 계속 말을 걸자 청해는 한쪽 구석에 몰린 모양새가 되었다. 결국 자기도 모르게 소리를 질렀다.

난 돌고래가 아니야! 그러나 하려던 말은 생각지도 못한 고주파로 바뀌어 터져 나왔다.

"삐이이이이이이!"

돌고래는 지느러미를 파닥거리며 그 자리를 한 바퀴 돌았다. 청해가 내지른 고주파가 녀석의 귀에 어떤 뜻이 담긴 소리로 전달된 것이 분명했다.

녀석의 주둥이가 뭔가를 말하는 듯 뻐끔거렸다. 아무리 외면해도 녀석은 돌고 돌아 청해의 눈앞에 섰다. 마치 자기를 한 번이라도 더 봐달라는 듯 애원하는 몸짓으로.

오히려 답답한 쪽은 청해였다. 이상한 소리를 내는 낯선 돌고래 따위야 모른 척하고 가면 그만일 텐데, 왜 이렇게 나를 붙잡는 거냐고 묻고 싶었다.

다음 날, 그다음 날도 녀석은 청해가 머무는 갯바위 근처로 찾아왔다. 지나가는 돌고래 무리가 보이면 청해가 몸을 숨긴다는 걸 아는지 늘 혼자 왔다. 살짝 뜯긴 등지느러미 모양으로 녀석을 알아볼 수 있었다. 사람의 지문처럼 돌고래도 각자만의 지느러미 모양을 가지고 있다는데, 누군가 한 입 베어 문 사과처럼 뜯긴 지느러미를 가진 돌고래는 또 없으리라. 청해는 그날부터 녀석을 '씨돌이'라고 불렀다.

그리고 매일매일 둘 사이의 거리가 줄어들었다.

2미터, 1미터, 간격을 줄이며 다가오는 걸 알았지만 청해는 씨돌이를 그대로 두었다. 청해가 아주 많이 다른 돌고래임을 알고 난 뒤부터 씨돌이의 행동은 조심스러워졌다.

그렇지만 가까워지기를 포기하진 않았다. 한 걸음씩, 한 걸음씩, 속으로 숫자를 세는 것처럼 일정한 간격을 두고 다가오는 모습이 신기하게 느껴질 만큼 씨돌이는 신중했다.

마침내 몸이 닿는 거리까지 다가온 씨돌이는 주둥이로 살며시 청해의 등을 건드리고는 뒤로 물러났다.

　아주 수줍고 조심스러운 '안녕'이었다.

　어찌 답해야 할까. 고민에 고민을 거듭한 끝에 청해는 고개를 까딱하는 것으로 인사를 대신했다. 야생 돌고래에게 사람의 고개인사라니. 자기가 생각해도 어이없는 답례였지만 씨돌이는 끼이이이, 아주 경쾌하고 맑은 웃음소리를 냈다.

　그러고선 머리 가운데 분수공으로 동그란 물방울을 내보냈다. 물방울은 훌라후프처럼 커져 한 방향으로 돌았다. 꼭 마술쇼를 보는 듯했다. 물방울을 이리저리 돌리다가 주둥이로 툭 쳐서 두 개로 나누더니 그중 하나를 청해에게 선물처럼 보내줬다. 돌돌돌, 청해에게로 온 물방울은 마법처럼 흩어져 바닷속으로 사라졌다.

　"오오!"

　자기도 모르게 탄성이 터져 나왔다. 어색하고 말도 통하지 않는 사이에, 같은 종도 아닌 사람과 돌고래 사이에 이렇게 사소한 장난 하나가 서로의 마음을 가깝게 만들어준다는 게 신기했다.

　'널 해치지 않아, 나 좋은 사람이야.' 사람이라면 이런 말을 했을 테지만, 말이란 것에는 언제나 약간의 거짓과 오해가 섞이기 마련이다. 그래서 말을 거치지 않은 행동에 오히려 진심을 담기 쉬웠다. 어쩌면 아예 거짓을 담을 시간이 없을지도 모르고.

씨돌이는 신이 난 듯 계속 청해의 곁을 돌았다. 서로 즐겁게 어울려 놀 수 있는 존재. 인간이었다면 친구라 부를 수 있었을 텐데. 그게 어떤 이름, 어떤 사이일지라도 둘은 말 한마디 없는 지금이 즐거웠다.

그러나 돌담 뒤에서 무리 지어 헤엄치던 물고기 떼에게 행복한 돌고래 두 마리는 재앙에 가까운 존재였다. 녀석들은 경련을 일으키듯 파드닥거리며 흩어졌다. 작은 물고기 처지에서는 아무런 기척도 없이 나타난 돌고래들을 맞닥뜨린 셈이니 혼이 빠질 노릇이었다.

꼬리야, 날 살려라. 도망가는 물고기 떼를 보고 씨돌이는 곧장 추격해 사냥했지만 굼뜬 청해는 헛물만 켠 채 한 마리도 잡지 못했다. 요 며칠 동안 청해가 잡아먹은 물고기라곤 운 나쁘게 길을 헤맨 잔챙이들뿐, 다른 돌고래들이 잡는 큰 물고기는 언감생심 뒤꽁무니조차 쫓아보지 못했다. 아직 사냥 기술이 부족한 탓이었다.

물고기를 다 놓치고 망연자실한 청해 앞에 배불리 포식한 씨돌이가 다가왔다. 녀석은 청해 앞에서 지그재그로 움직이며 무언가를 이야기했다. 청해는 이 돌고래가 자신에게 사냥법을 알려주고 있음을 직감적으로 눈치챘다.

군이 말하자면 '이렇게, 이렇게, 요렇게. 자, 해봐!' 정도겠는데 문제는 배우는 이의 학습력과 실행력이 떨어진다는 점이었다. 공이 날아오면 눈부터 감을 만큼 제 운동신경은 '반쯤 죽은 반사신경'이라 말하는 청해에게 '이렇게, 요렇게'만큼 어려운 가르침은 없었다.

"사실 나 몸치야. 100미터는 25초에 뛰고."

"삐이이이!"

"그래, 거짓말 같겠지. 그래서 돌고래인데도 이렇게 수영이 느리잖아."

"삐이이이!"

"그래, 정 안 되면 미역이나 모자반 뜯어 먹으며 살지 뭐. 돌고래 중에도 채식주의자가 있을 거 아냐."

포기하고 돌아서려는 청해의 앞을 녀석이 막아서며 말했다.

"삐이이이."

"난 안 돼. 안 되는 건 안 되는 거야."

"삐이이이."

"그래, 나도 삐이이이다."

"삐이이이!"

몸치 청해를 가르치려는 씨돌이의 집념은 대단했다. 바닷속에서 사냥을 포기한다는 건 생존을 포기한다는 의미와도 같기 때문이다. 제 사전에 사냥을 포기한다는 말은 없는 건지,

씨돌이는 집요하게도 자신의 사냥 기술을 청해 앞에서 선보였다. 물론 보는 것만으로 기술을 배우기엔 무리였다. 그럼에도 씨돌이는 지치지 않고 갯바위 뒤로 돌아가 물고기 떼를 몰고 왔다.

청해 앞으로 몰려온 물고기들은 홍해가 갈라지듯 요리조리 청해의 주둥이를 쏙 빠져나갔다.

"봤지, 난 돌고래로선 구제 불능이라니까."

"삐이이이."

9회 말 2아웃 타석에 들어선 타자와 여전히 포기하지 않은 응원단장을 보는 것 같았다. 지칠 줄 모르는 녀석의 성화에 포기하려던 마음이 무안해질 정도였다. 집에 가서 발 닦고 잠이나 자려는 청해와 오늘 끝을 보겠다는 씨돌이의 팽팽한 대립이 계속됐다.

녀석이 빙글뱅글 돌며 뭔가를 골똘히 생각하는 듯하더니 주변에 있던 모자반을 입으로 뜯어 청해 앞에 가지고 왔다. 이거라도 먹으라는 뜻인가 싶었는데, 그 모자반을 청해의 머리 위에 살며시 내려놓고 뒤로 물러섰다. 그러고는 아래로 가라앉는 모자반을 향해 지그재그로 다가가 순식간에 낚아채는 모습을 보여주었다. 아무래도 어린 돌고래를 가르치듯 쉬운 단계부터 차근차근 가르치려는 모양이었다. 멈추고 서는 법, 방향을 전환하는 법, 한입에 물고기를 낚아채는 법을 천천히 보여주었다.

모자반을 문 씨돌이가 좀 더 떨어진 곳에서 빙빙 돌며 청해의 시선을 끌었다. 눈이 마주치자 툭 모자반을 내려놓았다.

"아, 나더러 해보라고?"

그 말에 녀석이 삐이이이, 낮은 주파수를 보냈다. 마치 학교에서 100미터 달리기를 할 때 체육 선생님이 부는 호루라기 소리 같았다.

그 말인즉슨, 입 다물고 출발!

청해는 씨돌이가 가르쳐준 대로 지그재그 빠르게 방향을 전환하며 나아가 가라앉는 모자반을 낚아챘다. 여전히 느린 속도였지만 확실히 모자반은 도망가는 물고기보다는 낚아채기 쉬운 상대였다.

청해가 성공을 자축하며 모자반을 물고 한 바퀴를 빙그르르 돌자, 녀석도 다른 모자반을 물고 빙그르르 돌았다. 누군가가 봤다면 두 돌고래가 리본체조를 한다고 생각할지 모를 희한한 광경이었다. 청해의 웃음소리가 자기도 모르게 고주파로 새어 나왔다.

"끼이이이!"

이에 화답하듯 녀석도 청해와 똑같은 소리를 내었다. 청해가 기뻐하며 내는 이 소리를 외우려는 것처럼 계속해서 같은 소리를 냈다. '아, 이게 네가 기쁠 때 내는 말이구나.' 마치 이런 말을 건네는 것처럼. 돌고래가 왜 그토록 영리한 동물이라 불리는지, 왜 영혼을 가진 동물이라 여겨지는지 청해는 그 이유를 알 것 같았다.

녀석은 청해가 익숙해질 때까지 모자반을 물어다 던져주었다. 아빠는 급감속과 급가속이 운전 점수를 깎아먹는 습관이라 했었는데, 이게 돌고래의 사냥에서는 가산 점수를 받는 기술이었다. 최고 속도로 달리다가 순간 방향을 틀어 물고기를 쫓는 것은 흉내 낼 수조차 없는 초고난도 기술이었다.

청해는 수십 번의 연습 끝에 물속 사냥의 기본인 속도와 방향 전환법을 완전히 터득할 수 있었다. 어느 정도 기본기를 익혔다 싶어질 무렵, 씨돌이는 어디선가 40센티미터에 달하는 전갱이 한 마리를 물어 와 청해 앞에 풀어놓았다. 청해가 쫓자 전갱이는 '내가 너 따위에게 잡힐쏘냐'라는 듯 요리조리 도망가 버렸으나 씨돌이가 다시 전갱이를 물어다 청해 앞에 놓았다. 녀석은 또 도망가고, 청해는 또 녀석을 놓쳤다.

이 과정을 다섯 번쯤 반복하자 나가떨어지는 건 도망가던 전갱이였다. '옜다, 잡아먹어라.' 녀석은 자신을 농락하는 돌고래 두 마리가 지긋지긋하다는 듯 아예 도망가기를 포기한 채 늘어져 버렸다.

잡고, 놓아주고, 잡고, 놓아주고를 다섯 번 반복하다 여섯 번째에 성공할 수 있었던 이유는 씨돌이가 전갱이를 물고 흔들어 반쯤은 기절시킨 덕이지 않나 싶었다. 어쨌든 청해는 비로소 전갱이 사냥에 성공했다.

청해가 한입에 꿀꺽, 커다란 전갱이를 집어삼키자 씨돌이는 끼이이, 환호에 가까운 고주파를 쐈다. 녀석은 텀블링하듯 몇 번이나 물속을 회전하며 진심으로 청해의 발전을 축하해주었다.

둘 사이에 말은 통하지 않았지만 청해는 씨돌이가 건네려는 말, 그 너머의 마음을 알고 싶었다. 이토록 똑똑하고 영민하고 사려 깊은 존재에게 영혼이 없을 수 있을까. 그 마음을 담아 씨돌이는 무슨 말을 하고 싶을까. 청해는 씨돌이의 눈을 가만히 바라보았다. 눈빛과 눈빛이 마주치자 씨돌이가 천천히 유영하며 청해에게 다가왔다. 조금은 수줍고 조금은 용감하기도 한, 이전에는 볼 수 없었던 모습이었다.

그러나 하필이면 이 결정적인 순간, 기막힌 타이밍에 돌담 뒤에서 돌돔과 감성돔 오누이가 도란도란 이야기를 나누며 나타났다. 뒤로 넘어져서 코가 깨지는 게 아니라 뒤로 돌았더니 돌고래 입 앞이라는 말이 딱이었다. 지지리도 운이 없는 돔 남매를 보고 씨돌이는 맛있는 먹잇감을 잡기 위해 돌진했고 청해가 다급히 그 앞을 막아섰다.

"꺄아아악!"

귓가에 돌돔과 감성돔의 비명 소리가 가득 찼다.

"삐이이이이익!"

청해의 외침에 씨돌이가 어리둥절한 눈빛으로 청해를 바라봤다. 청해가 주둥이를 좌우로 흔들자 씨돌이는 청해 주변을 지그재그로 배회했다. 당최 영문을 알 수 없다는 몸짓이었다.

겁에 질린 돌돔과 감성돔은 청해의 꼬리지느러미에 몸을 숨기며 말했다.

"살려줘, 매생이죽!"

"나도 얼마 전에 사귄 친구라 말이 안 통해. 일단 내 꼬리 뒤에 붙어 있어."

청해는 지느러미를 파닥거리며 이들을 잡아먹어서는 안 된다고 피력했다. 씨돌이는 좀 의아해하는 듯했지만 청해의 간곡한 만류에 이내 돔 남매에게서 거리를 벌리고 떨어졌다. 청해가 말리는 걸 안 건지 아니면 청해에게 맛있는 돔을 양보한 건지 그 속내는 알 수 없었다.

"이제 나와도 될 것 같다."

"정말이야? 쟤가 정말 나 안 잡아먹는 거 맞지?"

"아마도?"

"아마도라니! 우린 목숨이 달린 문제라고."

"쟤는 동물화된 사람이 아니라 진짜 돌고래라 너희처럼 말이 통하지 않아."

"그럼 쟤는 왜 너랑 같이 있는데? 너랑 썸 타는 중이야?"

"말이 되는 소리를 해. 난 쟤가 암컷인지 수컷인지도 몰라. 그냥 요 며칠 나한테 사냥하는 걸 가르쳐줬어."

"뭘 모르는 말씀. 돌고래는 양성애 경향을 띠는 경우가 많댔어. 동성이든 이성이든 널 좋아하는 게 분명해. 좋아하지 않고선 함께 하지 않아."

그 말에 청해는 좀 묘한 감정이 들었다.

"얘 말고 다른 돌고래는 없는 거지?"

"씨돌이밖에 없는 거 같은데……."

"씨돌이?"

"아, 내가 지은 이름이야. 지느러미가 C자형으로 뜯겨 있어서 그냥 씨돌."

"매생이죽, 너 이름 한번 잘 지었다. 씨이댕, 저 씨돌 같은 놈의 돌고래 새끼!"

종을 뛰어넘는 동물들 간의 교감이랄까, 자기 욕이라는 걸 눈치챈 듯 격분한 씨돌이가 돌돔 앞으로 다가오려 했다. 청해는 얼른 씨돌이를 막아섰다. 서로 욕하며 싸우려는 십 대 남자아이들을 몸으로 뜯어말리는 느낌이었다.

갑자기 씨돌이가 수면 위로 솟구쳐 점프했다. 그리고 얼마 후 여러 돌고래들이 청해와 씨돌이가 있는 곳으로 왔다. 아마 씨돌이의 점프를 보고 주변 친구들이 찾아온 모양이었다. 씨돌이는 자기 동료들에게 청해를 소개하려는 것 같았다. 더불어 이 갯바위 근처에 맛있는 돌돔과 감성돔이 있다는 것도.

돌고래 서너 마리가 다가오자 돔 남매는 부리나케 바위틈으로 숨었다. 돌고래 무리는 새로운 얼굴인 청해를 에워쌌다. 돌고래들은 호기심을 보이며 낮은 주파수로 이야기를 건넸다.

"삐이, 삐이이, 삐이이이!"

하지만 청해는 어떤 말도 알아들을 수 없었다. 그런 청해를 대신해 씨돌이가 친구들에게 답했다. 낮은 주파수의 음파가 오가고 돌고래들이 물 위로 솟구쳤다. 씨돌이가 주둥이로 청해를 툭 치며 물 위를 가리켰다.

얼떨결에 물 위로 따라 올라온 청해는 수십 마리의 돌고래가 펼치는 점프 쇼를 보았다. 성체보다는 조금 작고, 어린 돌고래보다는 큰, 청소년기에 접어든 돌고래들이었다.

이때의 청해는 몰랐다. 어린 돌고래가 음파로 지형과 사물을 인지하는 능력이 부족해 더 자주 물 밖으로 솟구친다는 것을. 다시 사람이 된 후 자료를 찾아보고서야 알았다. 음파를 배우는 데 시간이 걸리기에 어린 개체일수록 시각에 더 의존했다.

돌고래의 음파탐지 능력은 20~30미터 떨어진 곳의 1센티미터가 되지 않은 물체도 알아맞힐 만큼 정확했다. 또한 바닷속 수많은 소리와 파장 가운데 자신의 반사음만을 정확히 알아들었다. 음파를 받아들이는 아래턱을 지나 속귀로 전달된 소리로 물체가 무엇인지 판단했다. 턱뼈가 그렇게나 중요한 기능을 한다는 사실에 청해는 놀라움을 금치 못했다.

돌고래들이 내는 높고 낮은 음들이 제각각 다른 역할을 한다는 사실도 처음 알게 되었다. 고주파는 상대적으로 대상을 정확히 인지하게 해주지만 물에 흡수되어 멀리 가지 못한다. 그래서 먼 곳의 물체를 식별할 때는 낮은 음파를 이용했다.

청해는 씨돌이를 만난 후 비로소 초음파로 살아가는 법을 새로이 배우게 되었다. 바위와 다른 돌고래 사이의 거리를 정교하게 예측하는 것도 씨돌이가 가르쳐준 주파수를 통해 가능했다.

누가 가르쳐주지 않았으나 본능적으로 알게 된 것도 있었다. 이렇게 역동적인 점프를 과시하는 개체는 들끓는 힘을 주체하지 못하는 청소년기의 돌고래들뿐이라는 것이다. 나이가 지긋한 성체 돌고래들은 주위에서 어린 돌고래들을 지켜보기만 했다. 청소년기 돌고래들이 자신의 힘을 과시하는 이유가 친구들끼리의 장난이거나 혹은 좋아하는 이성에게 잘 보이기 위해서라는 것쯤은 〈내셔널 지오그래픽〉을 보지 않아도 알 수 있었다.

씨돌이가 청해를 물 밖으로 부른 것도 같은 이유에서였다. 청해가 고개를 내밀고 물 밖을 보자 씨돌이는 힘차게 솟구쳐 멋진 점프를 보여주었다. 말이 통하지 않는다고 진심을 전하지 못하는 것은 아니었다. 씨돌이가 계속해서 힘찬 점프를 하자 옆에 있던 다른 돌고래들이 삐이이, 높은 탄성을 질러댔다.

'멋지다.'

이 의미의 파장을 낼 수 있다면 씨돌이에게 말해주고 싶었다. 그러나 청해는 아무 말도 할 수 없었다.

몇 차례 높은 점프를 보여준 씨돌이가 청해에게 다가와 주위를 맴돌았다. 이 세계에 대해 아무것도 아는 바가 없었지만 청해의 본능은 씨돌이의 마음이 무엇인지 알 것만 같았다.

우리와 함께 있자. 나랑 함께 있어.

그 말랑말랑하고 가슴 따뜻해지는, 얼굴이 붉어지는 예쁜 마음. 이렇게 수줍게 다가서는 마음을 어찌 모를 수가 있을까.

그러나 청해는 그 마음을 받아줄 수도, 그 세계에 속할 수도 없다. 지속할 수 없다면 애초에 시작하지 말아야 한다. 그들 사이에 더 머무르고 싶지만 청해의 주파수는 그들과 달랐다. 사람으로 돌아가야 할 존재였다.

종이 다른 존재 사이에서 진정한 교감이 이루어질 수 있을까.

청해는 씨돌이를 떠나 다시 자신의 원담으로 돌아가야 했다. 외면하고 돌아선 순간, 상처 입은 듯한 씨돌이의 표정을 본 것 같았다. 그리고 청해는 오랫동안 원담 밖으로 나오지 않았다.

동네에서 잇달아 동물화된 연년생 두 형제를 모르는 아이는 전학생이거나 남파 간첩으로 통했다.

입양되었다는 사실부터 들개 대첩에 이르기까지 모든 내막과 감추고 싶은 흑역사가 만천하에 알려져 있었다. 태웅의 등 뒤로는 "그 곰 있잖아, 특공대에 끌려간 개"라는 이야기가 들려왔고, 엄마의 등 뒤에선 "아들 둘이 줄줄이 동물화가 됐다잖아, 쯧쯧"이라는 이야기가 들려왔다.

다른 엄마들의 SNS 프로필 사진이 자식 사진으로 도배될 때 엄마의 프로필 사진은 늘 꽃이었다. 가끔은 먹음직스러운 케이크나 꽃 모양 라테아트가 장식된 카페라테일 때도 있었으나 영웅이 열넷이 된 이후로 형제의 사진이 올라온 적은 없었다. 아들들이 내세울 것 없다는 수준을 떠나 동네가 다 아는 사고뭉치여서가 아닐까 싶었다.

그리하여 오늘 바뀐 엄마의 새 프로필 사진은 찔레꽃으로, 사고를 치지도 않고 전국을 싸돌아다녀서 찾아다닐 일도 없는 어여쁜 꽃이었다. 물과 햇빛만 있으면 어디서든 잘 자라는 꽃을 좋아하는 엄마의 마음을 가족들은 충분히 이해했다.

하지만 등교 때문에 시골에서 강제로 올라온 이후 엄마와 벌꿀오소리 영웅의 갈등은 나날이 깊어졌다. 집을 한 번 나가면 며칠씩 돌아오지 않는 녀석 때문에 결국 엄마는 아예 녀석의 방문 앞에 매트리스를 깔고 잠을 자기 시작했다. 방문에 설치된 전자 도어벨은 조금이라도 문이 열릴 기미가 보이면 우렁차게 또롱또롱 소리를 울려 영웅의 탈출 소식을 알렸다.

도망치고, 잡고, 나가고, 막고의 전쟁을 한 달간 치른 어느 날, 또다시 도어벨이 또롱또롱 울렸다. 도어벨 소리를 듣자마자 거실에서 텔레비전을 보던 온 식구가 벌꿀오소리를 막기 위한 전투태세에 들어갔다.

진즉에 망가진 문고리를 앞발이 아닌 사람 손으로 열고 나온 것은 다시 사람이 된 영웅이었다. 다리 사이로 도망가던 벌꿀오소리를 잡기 위해 땅만 보던 가족들은 고개를 올려 훌쩍 큰 영웅을 바라봤다.

영웅은 티셔츠에 학교 체육복 바지 차림이었는데, 근 1년

만에 입은 옷들이 부쩍 작아진 느낌이었다. 머리카락은 귀 뒤로 넘길 만큼의 단발이 되어 있었고, 몸은 눈에 띄게 커져 있었다. 무엇보다도 풍기는 분위기가 달라졌다. 통통하던 볼살이 사라지고 날렵해진 턱선에, 팔랑거리던 눈빛은 고요하게 가라앉아 있었다.

'나 다시 돌아왔다!' 외치며 텀블링이라도 할 법한데 영웅은 꿰다놓은 보릿자루처럼 문 앞에 서 있을 뿐이었다. 까불고 촐랑거리던 1년 전의 영웅은 온데간데없이 말수 적고 무뚝뚝한 낯선 소년으로 변해 있었다.

엄마는 벌꿀오소리를 포획하기 위해 들고 있던 그물을 내던지고, 사람이 된 영웅을 힘껏 껴안았다. 태웅은 동생 영웅이 벌꿀오소리의 탈을 벗고 사람이 되었다며 동네에 현수막이라도 걸고 싶을 만큼 기뻤다. 아빠와 누나는 이제야 동물화의 긴 터널이 끝났음에 안도하며 맥주를 꺼내 건배했다. 부녀는 술을 마실 건수를 찾는 일에 진심이었다.

이 기쁜 자리에서 가장 바쁜 사람은 엄마였다. 엄마는 이제 가족이 모두 '사람'이 되어 한자리에 모일 수 있음에 감사했다. 그리하여 다섯 식구가 1년여 만에 한 식탁에 앉았다. 불고기와 미역국은 영웅이 좋아하는 음식이었다. 생일이거나 축하할 일이 있으면 그 사람이 가장 좋아하는 음식으로 밥상을 차려주는 게 이 가족의 암묵적인 규칙이었고, 그 당사자는 '밥상

주인'이라고 불렸다. 오늘은 앞구르기를 하면서 봐도 영웅이 이 밥상의 주인이었다.

"우아, 완전히 영웅이 생일상이네."

"다시 태어난 셈이니 생일이나 마찬가지지."

누나의 말에 엄마가 눈시울을 붉히며 말했다.

"우리 이게 얼마 만이니?"

"태웅이가 베란다에 '웅'이라고 쓴 날로부터 거의 2년 만인가?"

"누나, 동생들 흑역사는 기억에서 지워줘."

"글쎄, 나야 잊을 수 있지만 영웅이가 올린 동영상은 조회수가 1000만 정도 되지 않냐? 네 검색어가 '된장 곰' '베란다 곰' '슬리퍼 곰' 또 뭐더라?"

"치와와 먹은 곰! 이모가 밍키 데리고 우리 집에 왔을 때 내가 장난으로 입에 밍키 넣었던 걸 영웅이가 찍어 올렸거든. 그게 조회수가 더 높아."

온 가족이 웃었다. 단 한 사람을 제외하고. 누구보다 한술 더 떠 목소리를 높였을 영웅은 그저 듣고만 있을 뿐 아무런 말도 하지 않았다.

"야, 한영웅. 영상 찍힌 당사자도 웃고 넘기는데 넌 왜 이리 심각하냐?"

누나의 물음에도 영웅은 대꾸 한마디 하지 않았다.

"얼씨구, 이놈 보소. 너 아직도 동물화가 안 끝난 거야? 사람 말을 까먹었어?"

영웅은 말없이 숟가락을 들고 밥만 먹었다. 보다 못한 엄마가 반찬 그릇을 영웅에게 밀어주며 말했다.

"맨밥만 먹지 말고 너 좋아하는 불고기 좀 먹어봐. 다른 반찬도 좀 먹고."

"됐어."

"마파람에 게 눈 감추듯 먹는 애가 웬일이래."

"……나 아냐."

"응?"

"치와와 먹은 곰 올린 거 나 아니라고."

생뚱맞은 대답에 일순간 분위기가 가라앉았다. 누나가 눈치도 없이 물었다.

"그 동영상 찍은 거 네가 아니라고?"

"내가 아니라 이모네 서진이가 찍고 올린 거야. 첫 번째 동영상 때문에 태웅이를 끌려가게 만들었는데 내가 또 그런 짓을 했을 리 없잖아."

태웅 역시 이모네 밍키를 먹었다 뱉은 동영상이 여기저기 복제되어 돌아다니는 것만 알았지, 그 동영상을 업로드한 게 사촌 동생인지는 몰랐다. 그저 당연히 영웅이 올렸을 거라 미루어 짐작했던 게 미안해졌다.

"누가 했든 이제 와 무슨 상관이냐. 다 지난 일인데."

"……나한테 물어는 봤어? 상관있는지 없는지?"

그 말에 가족들의 이목이 영웅에게 쏠렸다.

"왜 그래, 한영웅."

"내가 괜찮다고 해야 괜찮은 거지 다른 사람이 지난 일이라고 덮으면 끝나냐고."

그 순간 가족 모두 같은 생각을 하고 있었다. 아, 영웅이의 동물화는 아직 진행형이구나. 겉모습이 돌아왔다고 한들 마음이 그 속도를 따라오지 못하면 동물화가 끝나지 않는구나.

다들 밥그릇에 고개를 박고 묵묵히 밥만 먹었다. 그러나 영웅은 봇물 터지듯 터져버린 제 진심을 숨기지 않았다.

"……내가 이 동네, 이 가족의 쓰레기통은 아니잖아. 무슨 일이 생기면 묻지도 따지지도 않고 모두 내가 한 일이라고 지레짐작하고 덮어씌우고. 내가 한 잘못보다 더 큰 잘못에 내 이름이 붙어 있어도 입 다물었어. 내가 한 잘못도 있으니까 그냥 넘어가자 생각했는데 아니더라. 실수로 물을 엎지른 거랑 남의 얼굴에 일부러 물을 끼얹는 거는 다르잖아. 그런 잘못까지 내가 뒤집어쓸 이유는 없다고."

"영웅아……."

"엄마는 무조건 사과부터 했잖아. 한영웅이 그런 게 맞냐고 먼저 물어보지 않고 그냥 죄송하다는 말부터 했어."

영웅의 씩씩거림에는 제 감정을 꾹 삭이려는 필사의 노력이 배어 있었다.

이제야 듣게 되는 영웅의 진심에 괜히 마음이 아팠다. 대한민국에서 제일 씩씩한 중학생인줄 알았던 녀석의 남모를 상처를 알게 된 순간, 모두의 마음이 그러했다.

"영웅아, 그때는……. 아니다, 미안하다. 네 마음이 그랬는지 엄마는 정말 몰랐어."

그 말에 영웅이 고개를 돌려 엄마를 물끄러미 바라보았다.

"엄마는 나에 대해 모르는 게 더 많아. 내가 불고기를 안 좋아하는 걸 아직도 모르는 것처럼."

입이 짧아 반찬 투정을 한 건 태웅이었지 영웅이 아니었다. 늘 주는 밥을 군말 없이 먹고 제일 먼저 싱크대 설거지통에 밥그릇을 넣는 영웅의 입에서 나오리라 예상했던 말이 아니다.

"누나랑 아빠가 좋아해서 그냥 먹은 거지, 선택권이 있어서 먹은 게 아니야. 입맛은 부녀가 닮는 건데 나랑 태웅이는 아니라고."

이 말은 뭐랄까, 반쯤 눈 감고 있던 불편한 진실을 만천하에 드러내 각자의 아픈 곳을 동시에 찌르는 것 같았다. 모두가 뒤통수를 한 대씩 얻어맞은 듯 얼얼했다.

영웅은 지금 이 집 자식 중 부모와 같은 피를 가진 자식은 누나뿐이라는 사실을 돌려 말하고 있었다. 자신이 입양아라는 것을 아무렇지 않게 여기던 영웅의 입에서 나오리라고는 예상하지 못했던 말이라 더욱 충격이 컸다.

웬만해선 밥맛이 사라지지 않는 태웅조차 식욕을 잃었다. 분위기가 순식간에 시베리아 한복판이 되었음을 감지하자 태웅은 본능적으로 숟가락을 내려놓고 두 손을 가지런히 무릎 위에 모았다.

"영웅아, 그게 무슨 소리니?"

"생각이 있다면 군말이 없어야지. 나나 태웅이는 밥투정하면 철없다 소리를 듣는 게 아니라 잘못 거둔 검은 머리 짐승이라는 소리를 듣는 거야."

"야, 한영웅! 왜 이래?"

"어려서부터 온갖 친척들에게 입양됐다는 사실을 들어서 알고 있는 애가, 그 수많은 친척이 함께 먹는 밥상에서 밥투정할 정도로 바보는 아니란 소리야. 태웅이는 고기면 아무 반찬이나 좋아서 먹는 거였고. 나는…… 입이 짧으면 키워준 은혜도 모르는 놈이란 소리를 듣게 된다는 걸 아는 거였고."

"갑자기 왜 이러는 거야?"

"나도 차라리 형처럼 뭔 말을 들어도 상처받지 않는 사람이면 좋겠어. 나랑 형, 가족 모두가 입맛도 취향도 생각도 다 다른 법인데 이렇게 한 묶음으로 엮으려고 애쓰는 거, 짜증 나고 싫어."

"영웅아……."

"한태웅, 진작에 이랬어야 하는 거야! 우리는 사진 한 장에 같이 담길 사람들이 아냐! 안 맞는 퍼즐을 힘으로 끼워 맞춘 것처럼 살지 말고, 아닌 건 아니라고 말했어야 하는 거라고."

"너 형한테 그게 무슨 말버릇이야? 형한테 사과해!"

"여보, 영웅아. 그러지 말고 밥부터 먹자. 다들 밥 먹고 숨 한번 돌리고 거실에서 얘기하자."

아빠는 영웅의 손에 숟가락을 쥐여주었다. 그러나 숟가락을 받아든 영웅은 미동도 없었다.

'아, 이 장면 어디서 많이 본 것 같은데.'

태웅은 명이나물 올린 삼겹살을 내려놓았던 그날의 자신이 떠올랐다.

'아, 제발! 더는 안 돼.'

곰이 되던 그날처럼 온몸의 털이 곤추서는, 거짓말 같은 기시감이었다. 태웅은 엄마의 마음을 예리한 칼로 베어내듯 날선 독설을 뱉는 건 그때의 자신 하나로 충분하다고 생각했다.

'제발, 제발! 한영웅, 숟가락은 내려놓지 말자!'

이 집의 십 대 남자가 자발적으로 숟가락을 놓는다는 것은 일종의 선전포고와 같았다. 나는 오늘부로 말이 통하지 않는 문제아가 되겠다는.

태웅의 간절한 바람과는 달리 영웅의 숟가락이 스르르 밥상 위로 내려왔다.

쿵. 태웅의 마음과 나머지 가족들의 심장이 떨어졌다.

"아빠…… 그거 알아? 태웅이랑 나랑 생일 차이가 일주일
도 안 나. 12월 말, 1월 초. 남자애 둘을 입양하려면 최소한 몇
달 차이는 나게 하던가. 태어난 날이 언제인지도 모르고 버려
진 날이 생일인 애 둘을 묻지도 따지지도 않고 데려와서 형,
동생을 시키면 애들이 자라면서 무슨 생각을 하겠어?"

마지막 말은 모두의 마음에 거대한 폭탄을 투하시킨 것과
도 같았다. 그저 속없는 어린아이가 한 말이라고 치부하기엔
그 안에 담긴 진심이 너무 슬프고 무거웠다.

더구나 가장 아무렇지 않은 척 지내왔던 영웅이 아닌가.

가족 중 그 누구도 영웅이 자신과 태웅을 이 가족에게서
그렇게 경계 짓고 지내리라 생각하지 못했다. 엄마와 아빠는
영웅의 이야기를 듣고만 있을 뿐 아무 말이 없었다.

영웅은 작정한 듯 모진 말들을 더 쏟아냈다.

"그리고 엄마가 좋아하는 찔레꽃 꽃말은 고독이야. 바라보
고 좋아하는 대로 살게 된다며. 엄마가 진짜 바라는 삶은 우리
같은 사고뭉치들이 없는 평화로운 삶인 거야."

"뭐?"

"야! 이게 보자 보자 하니까 끝도 없이 기어오르네? 너 지
금 엄마한테 무슨 말도 안 되는 억지를 쓰고 있어?"

보다 못한 누나가 영웅에게 화를 내며 말했다.

"엄마야 꽃이 예쁘니까 그냥 올린 거지. 무슨 꽃말까지 연구하면서 사진을 올려?"

"누나도 그만해!"

태웅이 두 사람 사이를 중재하고 나섰다.

"한영웅! 너 지금 배알이 배배 뒤틀린 못난 사람 같아. 제멋대로 해석하고 제멋대로 토라지고. 와, 옛날 남자 친구 생각나게 하네."

"아이, 누나! 왜 밴댕이 형님을 소환하고 있어. 속 좁다고 상처 주고 차버린 건 누나잖아."

"너 지금 교묘하게 둘을 한 방에 묶어 욕하는 거야? 그리고 대체 누가 누굴 편드는 거야? 용돈 몇 번 받았다고 그새 형님이야?"

"아니, 내 말은 찌, 찔레꽃이 잘못했다고. 나도 찔레꽃 싫어. 만두 찔래도 아니고 그냥 찔레가 뭐야."

태웅이 어색한 농담으로 상황을 봉합하려 했지만 그 누구도 웃지 않은 채 식탁 위에는 차가운 분위기가 지속됐다. 영웅의 입에서 튀어나온 화살은 모두의 가슴을 뚫고, 서로가 서로에게 가시가 돋친 말을 뱉게끔 만들어버렸다.

냉랭해진 식탁을 두고 영웅은 자기 방으로 들어가 옷을 갈아입은 뒤 집을 나갔다. 검은색 후드에 검은 바지, 온통 검은

색뿐이었다.

어둠의 시작, 질풍노도의 시간, 진정한 사춘기의 출발을 알리는 순간이었다.

집안에서 가장 귀여움 받는 존재였던 막내 영웅과 엄마의 사이에 금이 가기 시작했다. 그 누구도 예상치 못한 찔레꽃 사진 한 장으로. 이후 엄마의 프로필 사진은 SNS계의 영정 사진으로 불리는 기본 배경에 기본 프로필로 바뀌었다. 그렇게 영웅과 엄마의 2차전이 시작됐다.

아침 일찍 집을 나가 밤이 다 되어서야 돌아오는 영웅은 매일같이 엄마와 푸닥거리를 했다. 어디를 가는지, 누구를 만나는지 영웅은 단 한마디도 하지 않았다. 엄마는 그런 영웅의 입을 열기 위해 무던히도 애를 썼다.

한쪽은 방문을 걸어 잠그고 또 다른 한쪽은 그 방문을 열기 위해 애를 쓰는, 끝나지 않을 싸움이었다. 이제 동물화가 끝나고 사람이 되었나 보다 생각한 순간에 시작된 영웅의 진짜 사춘기를 두고 누나는 혀를 끌끌 차며 말했다.

"이건 재동물화라고 해야 하냐, 뒤늦은 사람화라고 해야 하냐. 아이고, 동물화가 잘 끝났나 싶더니 사람화 업그레이드 버전이 나왔네."

그러나 누나가 말했던 그 사람화 업그레이드는 그리 오래가지 못했다. 밤늦게 돌아와 엄마와 또 한바탕 싸우고 잠든 영웅은 다시 한번 동물이 되었다. 엄마가 영웅의 방문을 열었을 때 영웅은 또다시 벌꿀오소리가 되어 벽지를 긁고 있었다.

사람으로 돌아온 건 불과 며칠뿐이었다. 동물에서 사람으로 돌아왔다가 다시 동물이 되는 건 정말 드문 일이라 뉴스에 날 정도였는데, 이제 영웅도 진정한 전국구 뉴스감이 되었다.

벌꿀오소리를 힘들게 제 방에 가두고 진이 빠져버린 태웅이 누나에게 물었다.

"누나, 어떻게 영웅이는 두 번이나 동물화될 수 있지?"

"한태웅, 너 영동고속도로 위에 터널이 몇 개인지 알아?"

"글쎄, 되게 많았던 것 같은데."

"그런 거야. 영동고속도로에도 터널이 셀 수 없을 정도로 많은데 동물화 터널에 재동물화가 하나뿐이겠냐."

"아……."

누나의 말에 고개를 끄덕이던 태웅이 다시 갸웃거리며 물었다.

"근데 누나, 다른 사람은 동물화가 한 번이잖아."

"그러니까. 다른 애들은 터널 없는 시속 30킬로미터 아동보호구역인데 우리 영웅이만 100킬로미터 영동고속도로라고."

태웅은 하늘을 향해 소리치고 싶었다.

'이건 해도 해도 너무하신 것 아닙니까! 한집에 생태계 최강 싸움꾼 곰과 벌꿀오소리를 다 몰아주신 것도 모자라 다시

벌꿀오소리라뇨. 또 동물화라니요!'

제자리로 돌아온 지 얼마 되지도 않았는데 벌꿀오소리 영웅을 데리고 다시 시골로 내려갈 수도 없는 노릇이었다.

영웅은 또다시 집을 나가버렸고, 엄마는 영웅의 학교에 휴학계를 제출한 후 몸져누웠다. 누나와 태웅이 번갈아 가며 엄마를 돌보았지만 엄마는 기력을 찾으면 다시 영웅을 찾아 온 동네를 다니고 돌아와 눕기를 반복했다. 오늘도 집이 텅 비었음을 알아차린 태웅이 누나에게 물었다.

"누나, 영웅이 또 나갔어?"

"이 새끼 이번에는 도어벨을 고장 내놓고 몰래 나갔어. 아주 잔머리 굴리는 데는 따라올 사람이 없어. 저놈이 사고를 치면 늘 남들보다 두 배라 동물화도 두어 배쯤 길겠거니 했는데, 시간이 아니라 회차였네. 벌꿀오소리 시즌 투라니. 내 참, 어이가 없어서."

"엄마는 오늘도 영웅이 찾으러 나가셨지?"

"그냥 놔두지, 또 찾겠다고 저러고 나서신다."

"밤에 잠도 못 주무시는 것 같던데……."

"엄마도 좀 내려놓아야 해. 동물화된 건 제 몸의 본능이고, 사람이 되고 다시 저러는 건 진짜 사람이 되려는 제 마음의 본능인 거겠지. 몸만 돌아온다고 사람이 되냐? 컴백홈 한다고 사람이 되고? 그냥 엄마도 적당히 모른 척하고 놔둬야 해. 사춘기 남자애 들들 볶아봐야 엄마 속만 볶일 텐데."

영웅이 집을 나가고 닷새째 되던 날, 태웅은 엄마에게 줄
죽을 데워 안방으로 들어갔다. 그러나 엄마가 누워 있을 줄 알
았던 침대는 텅 비어 있었다. 화장실에 갔나 싶어 살펴보았지
만 엄마는 보이지 않았다.

집 안 어디에도 엄마는 없었다. 전화를 걸었더니 그 전화벨
소리가 안방 침대 옆에서 들려왔다. 엄마의 분신과도 같은 휴
대전화를 발견한 순간 소름이 돋았다. 화장대 거울 속 태웅의
머리카락이 하늘을 향해 솟구쳐 있었다. 위기를 느낄 때마다
발동되는 동물화의 잔재였다.

이모 집, 이웃 친구 집, 자주 가는 카페 그 어디에서도 엄마
는 보이지 않았다. 온 가족이 동원돼 영웅이 아닌 엄마를 찾아
다녔지만 소식을 알 수 없었다.

급기야 아빠는 경찰서에 실종 신고를 하러 갔지만, 다 큰
성인의 실종은 특별한 사유가 있어야만 접수된다는 말에 풀이
죽은 채로 돌아왔다. 아들이 또다시 동물화되어 집을 나갔으
니 어디 교외에 바람이라도 쐬러 갔을 것이라는 둥 경찰이 속
편한 이야기를 건넸단다.

엄마가 사라지고 사흘 후, 놀랍게도, 아니 영웅의 원래 성

격대로 벌꿀오소리 영웅이 뜬금없이 집으로 돌아왔다.

가족들은 돌아온 영웅에게 아무 말도 하지 않았다. 그러나 영웅은 한눈에 집 안 분위기가 달라진 것을 알아차렸다. 시들시들해진 아레카야자 화분과 손때가 닦이지 않고 그대로인 베란다 중문은 이 집과 어울리지 않는 광경이었다. 산더미같이 쌓인 설거지 그릇과 물때가 끼기 시작한 화장실도 그랬다.

즉각 이상함을 감지한 영웅은 그 이유를 찾아 집 안 곳곳을 뒤졌다. 집에 돌아온 지 5분도 안 되어 엄마의 부재를 귀신같이 눈치챈 영웅은 곧장 태블릿에 글을 썼다.

– 엄마는?

태웅은 아무 말도 하지 못했다. 네가 나간 이후로 엄마가 먹지도 않고 앓아누웠는데 갑자기 연기처럼 사라졌다는 말을 차마 할 수 없었다. 영웅은 누나에게 달려가 태블릿 화면을 가리키며 물었다.

– 엄마는?

한숨을 푹 쉬던 누나는 영웅을 바라보며 말했다.

"이번에는 무슨 바람이 불어 이렇게 일찍 들어왔냐? 한 몇 달 더 쏘다니다가 들어오지."

– 누나, 엄마는!

"뭐, 언제는 남자애 둘 입양하면서 생일도 못 맞췄다고 엄마 가슴에 대못을 박더니 이제 와 키워준 엄마가 걱정되니?"

또다시 열이 뻗치기 시작한 누나는 작정한 듯 속엣말을 털어놓았다.

"야, 이 정신 나간 놈아! 너희야 어려서 아무것도 기억 못한다고 해도 사람이 그러면 안 되는 거야. 젖먹이 둘을 데려다가 밤잠 못 자며 우유 먹이고, 똥 기저귀 갈고, 아프면 업고 안고 병원으로 뛰어다닌 게 엄마였어. 뭐, 생일을 맞춰? 쌍둥이 둘을 키우는 셈이었는데, 그게 두 배가 아니라 제곱으로 힘든 건데! 엄마는 하루에 통잠 세 시간도 못 자면서 너희를 키웠어. 주변에서 터울을 주라고 말리는데도 영웅이 널 데려오겠다고, 자기가 다 감수하겠다고 한 게 엄마였다고! 키운 정이고 나발이고 엄마는 그냥 처음부터 너희 엄마였는데 그 가슴에 대못을 박아? 뭐, 찔레꽃이 고독한 삶이라고? 고통스러운 삶이 아니고? 연중무휴로 사고 치는 두 놈이 그렇게나 힘들게 만들었잖아!"

태웅은 벽으로 돌아서 애써 눈물을 감췄다. 누나의 말은 영웅이 아닌 태웅의 심금을 울리고 말았다.

제 성을 못 이긴 영웅이 조그마한 두 앞발로 머리털을 쥐어뜯더니 태웅에게 달려들어 그의 멱살을 쥐고 흔들어댔다.

"엄마 어딨어!"

"엄마가 사라졌어. 갑자기 사라져 버렸어……."

태웅이 울먹거리며 외치자 영웅의 움직임이 뚝 멈췄다. 영웅은 다급하게 태블릿에 글을 써서 태웅 앞에 내밀었다.

― 혹시 엄마가 안 거야?

"뭘?"

― 내가 어디 있었는지.

"너 어디 다녀왔는데?"

영웅은 더 이상 태블릿에 글자를 치지 않았다. 엄마가 집을 나간 이유가 왠지 자기 때문인 것 같아 가슴이 철렁했다. 영웅이 그동안 어디를 다녔는지, 누굴 만나러 다녔는지를 엄마가 알고 있었던 것 같았다.

소도시의 한 골목길에서 담벼락을 뛰어넘을 때 영웅은 돌아서는 한 여자의 뒷모습을 보았다. 얼핏 보았을 뿐인데도 꼭 엄마를 닮은 듯했다.

그럴 리가 없다고 생각했다.

'엄마일 리가 없잖아. 엄마가 여길 어떻게 알고 와.'

그저 잘못 본 것이라 생각하고 머릿속에서 떨쳐냈다. 하지만 만약 엄마가 영웅이 자신을 낳아준 생모를 보러 그 도시에 와 있었다는 사실을 알았다면……. 그걸 알고도 집 나간 아들을 찾겠다며 그곳까지 왔다면 어떤 마음으로 왔을까. 생각이 여기까지 미치자 영웅의 마음이 찢어질 듯 아파왔다. 미안함과 부끄러움, 겪어본 적 없는 이상한 저릿함이 마음을 무겁게 만들었다.

영웅은 안방으로 갔다. 침대에 걸터앉아 곰곰이 생각해 보았다. 괘씸하게도 키워준 정을 내팽개치고 제 생모를 보겠다고 나간 아들놈을, 그래도 아들이라고 거기까지 찾아간 엄마라면 지금 어디에 있을까.

눈물이 툭, 방바닥에 떨어졌다. 나 같은 못난 놈 때문에 사라진 엄마. 제일 좋아하는 화분에 물도 주지 않고서 어디로 간 거야.

꼬리에 꼬리를 물던 생각이 한 곳으로 좁혀졌다. 벌꿀오소리가 되어 가장 오래, 가장 신나게 머물렀던 곳이라면 그곳밖에 없으니까. 엄마라면 분명 '이놈의 자식, 여기 있겠지' 하면서 그곳을 찾아갔을 것 같았다.

그때 방문이 벌컥 열리며 누나와 태웅이 들어왔다.

"어이, 벌꿀오소리 시즌 투. 짐 챙겨서 어서 나와."

"왜?"

"10분 있다가 출발이니까 짐 쌀 거 있으면 얼른 싸서 나와. 아니, 똥 쌀 거 있으면 빨리 싸고 나와. 중간에 휴게소 안 들를 거니까."

"안 돼. 나 엄마 찾으러 가야 해."

"한태웅, 쟤 방금 안 간다고 하는 거 같지?"

한때 동물화를 겪었던 태웅이 두 사람 사이를 통역하고 나섰다.

"어…… 그냥 화장실 들렀다가 간다는 거 같은데."

"한영웅, 넌 진짜 아무 말도 없이 사라진 엄마가 걱정도 안되니? 너 키워준 엄마가 갑자기 쪽지 하나 없이 집을 나갔는데 남의 일인 양 손 놓고 아무것도 안 할 거냐고."

"어, 그러니까 누나 말은 지금부터 엄마를 찾으러 가겠다는 거야. 운전은 누나가 할 거고. 요새 엄마가 갱년기 때문에 힘들어하셨잖아. 엄마가 집을 나간 게 너 때문만은 아니겠지만 제일 속상하게 만든 건 너니까. 엄마를 집으로 모시고 올 사람도 너란 뜻이지."

"얼씨구, 갱년기 때문에 힘들어? 뭐, 너 때문만은 아니겠지만? 이 집에서 엄마 속 썩인 게 너희 둘 말고 누가 있어. 이 사달도 딱 이놈 때문이야. 이 자식이 남자애 둘 입양할 때 생일 안 맞췄다고 눈을 부라릴 때부터 엄마는 치명상을 입었다고."

태웅은 발끈한 영웅이 튀어 올라 누나를 물어뜯을까 봐 슬며시 둘 사이를 가로막고 섰다. 그러나 한바탕 욕을 들어 먹은 영웅은 이상하리만치 조용했다.

"강요하지 않을 테니까 갈 거면 가고 말 거면 말아. 집에 있든 집을 나가든 이제 상관할 사람 아무도 없으니까."

누나는 화가 난 듯 거실로 나가버렸다. 중간에 낀 태웅은 불안함에 마음이 두근거렸다.

그러나 예상과 달리 영웅은 풀이 죽은 듯 고개를 떨군 채

서 있었다. 누나의 말에 녀석도 느끼는 바가 있는 모양이었다. 태웅이 손을 내밀자 영웅은 작은 강아지처럼 태웅의 품에 안겼다. 작은 팔로 자신의 팔을 꼭 끌어안고 있는 벌꿀오소리를 보자 태웅은 묘한 기분이 들었다.

동네 아이들에게 언어맞고 울던 태웅을 안아줬던 건 늘 자기보다 덩치가 작던 영웅이었다. 우는 형을 다독이며 복수를 다짐하던 영웅은 주먹을 불끈 쥐고 태웅의 눈물을 닦아주곤 했다. 그런 영웅이 축 늘어진 모습으로 자신의 품에 안겨 있는 것이 묘했다.

늘 씩씩하기만 했던 영웅과는 너무나 다른 모습이었다. 어쩌면 우리 가족은 영웅을 제대로 알지 못한 채 살아온 게 아닐까.

어딘가로 향하는 차 안에서 누나와 태웅, 영웅은 모두 말이 없었다.

지금 이 비참한 순간은 엄마란 존재가 당연히 밥 차려주고, 집 치우고, 아침마다 깨워주고, 투정을 부려도 받아주는 마땅한 사람이라고만 인식하고 살아온 날들의 결과물이다. 엄마니까, 내가 무슨 말을 해도 무슨 잘못을 저질러도 날 용서하고 사랑해 줄 테니까. 그 바보 같은 생각으로 가장 사랑하는 사람을 함부로 대한 아둔함의 부메랑이다.

쉼 없이 달려온 차가 목적지에 도착했다. 차에서 내린 영웅은 시골 외할머니 집에 왔음에 안도했다. 남매 모두의 마음이 그렇다면 분명 엄마도 이곳에 있을 것이다.

외할머니는 엄마가 오지 않았다고 말했지만 세 사람의 촉은 이곳을 가리켰다. 오지 않은 게 아니라 늦는 것뿐이라고, 엄마는 지금 벌꿀오소리 영웅을 찾아 전국을 헤매고 있을 것이고, 결국 이 집에 올 것이라 생각했다.

세 남매는 짐을 풀자마자 마당에 웃자란 풀부터 뽑고 집 안 청소를 시작했다. 엄마가 오면 짐을 풀 새도 없이 손을 걷어붙일 일이라 그 무게를 덜어주고 싶었다. 엄마가 했을 일, 엄마라면 할 일을 찾아 부지런히 움직이며 청소하고 정리했다.

하루 종일 시골집을 치우고 앞마당을 정리한 뒤 저녁을 먹고 나자 어느새 한밤이었다. 끄응 소리를 내며 소파에 앉은 누나가 맥주 두 캔을 한자리에서 비웠다. 취기가 오른 누나는 캔을 찌그러뜨리며 말했다.

"집안일이 해도 해도 끝이 없다."

"그러니까 누나, 내일 창고 정리하기로 한 거 그냥 모레 하면 안 돼?"

"엄마가 내일 오면 어쩔 건데? 무조건 엄마 오시기 전에 다 끝내는 거야."

"엄마는 어떻게 혼자서 이 많은 일을 하고 계셨던 걸까?"

"난 진짜 보이지 않는 손이 엄마라는 생각이 든다."

"맞아. 우리 엄마 화투 칠 때도 손 빨라서 타짜 같지."

누나는 한숨을 푹 쉬며 말했다.

"우리 태웅이 국어 점수 몇 점?"

"어…… 수학보다는 잘 봤는데."

"반 토막보다 잘 봤다고?"

"반 토막 아니고 56점이라고."

"왜 누나는 벽 보고 말을 하고 있다는 느낌이 들까?"

"벽은 한영웅이지. 나는 벽 아니고 문. 난 열려 있잖아."

"태웅아, 그 문을 뒤집으면 뭐가 되는지 알아?"

"웅?"

"문을 뒤집으면 곰이 돼."

"아, 누나 언제 적 개그를……. 아저씨 같아."

"그러게, 우리 집에서 제일 개그맨인 놈이 파이터가 돼서 만날 싸우자 하고 있으니 누구 하나 웃겨줄 사람이 없네. 막둥이는 그저 사랑인데, 저렇게 진지해지면 어쩌자는 거냐."

"그래도 따라왔잖아. 영웅이도 마음 추스르고 생각할 시간을 줘야지."

"얼씨구, 네가 형이세요?"

"누나, 술 그만 먹고 일찍 자. 내일 아침에 읍내 나가서 사야 할 거 많아. 화장실에 휴지 떨어졌고 갈아입을 팬티도 없어.

치약도 거의 다 떨어졌고, 반찬거리도 사 와야 할 것 같은데."

"야, 내 간을 걱정하는 게 아니라 운전 못 할까 봐 걱정하는 거냐?"

누나가 또 한 번 끄응 소리를 내며 일어나 방으로 가려 하자 널브러진 탁자 위를 치우던 태웅이 소리쳤다.

"양치하고 자! 이 썩어!"

"알았다고요. 그리고 넌 영웅이 좀 씻겨. 엉덩이에 똥 묻어 있더라."

"아기 때처럼 누나가 해주면 좋아할 텐데. 이참에 화해도 하고."

"싫어. 손톱 밑에 똥 껴."

누나는 툴툴대면서도 막냇동생을 챙기고 있었다. 입만 열었다 하면 너희 똥 기저귀를 갈아준 게 두 트럭이라고 말은 해도, 차마 열다섯이나 먹은 영웅이의 엉덩이를 직접 닦아줄 수는 없는 모양이다.

문득 태웅은 곰이 되었을 때 다 큰 아들 녀석의 똥 묻은 엉덩이를 솔로 박박 씻겨주던 엄마가 생각나 창피함과 서글픔이 밀려들었다. 더불어 3일째 같은 팬티를 입고 있다는 사실도 참 담했다.

화장실에서 양치질하며 나온 누나가 입안 가득 거품을 물고 말했다.

"어이, 사랑하는 첫째 동생 태웅아."

태웅은 누나가 보글거리는 거품을 문 채로 그리 말하자 오소소 소름이 돋았다.

"너도 혹시 다시 변할 예정이면 미리 얘기는 하고 변해라. 나 충격 좀 덜 받게."

"절대 아니야."

"무슨 시험도 아니고 동물화에 1차, 2차가 있냐. 그리고 다시 변할 거면 가둬두기 편한 비둘기 같은 걸로 변하지, 왜 굳이 벌꿀오소리 2차냐고."

"난 계속 사람이니까 걱정 붙들어 매."

"뭘 믿고."

"엄마 마음을 알아버려서……. 엄마를 더 힘들게 하면 내가 진짜 사람이 아니니까. 절대 그럴 일 없어."

그 말을 들은 누나는 칫솔을 문 채 달려들어 태웅의 등을 아프게 때렸다. 남자 친구와 헤어졌을 때도 울지 않던 누나의 눈에 눈물이 그렁그렁 맺혀 있었다.

"이게 진짜 사람이 됐네! 철창에 갇혀도 애 같던 놈이 이제야 사람 같은 소리를 하고."

"아, 아파! 말로 해!"

누나의 눈물을 보자 극강의 공감 능력을 가진 태웅의 눈에도 눈물이 맺혔다. 두 사람은 멋쩍게 각자의 눈물을 훔치고 돌아섰지만 엉덩이에 똥이 묻은 벌꿀오소리가 창밖에 있다는 사실은 몰랐다. 오도카니 앉아 이야기를 듣던 그 눈에도 눈물이 맺혀 있었다는 사실은 꿈에도 짐작하지 못했다.

그리고 바로 그날 밤, 생각지도 못한 손님이 시골집을 찾아오고 있었다.

모두가 잠든 새벽 1시, 마당에서 깜빡 잠들었던 영웅은 불현듯 눈을 떴다. 약 100미터 전방에서 풍겨오는 냄새가 평범한 들짐승의 것이 아니었다. 들개 떼와 하이에나의 떠들썩한 싸움이 바로 여기 시골집 앞마당에서 벌어졌음을 생생히 기억하고 있기에 영웅은 곧바로 전투태세에 돌입했다. 그와 달리 마당에 잠든 늙은 개는 아무것도 모른 채 여전히 꿈나라에 가 있었다.

외할머니는 밥만 축내는 늙은 개보다 벌꿀오소리 한 마리가 더 낫다고 말씀하셨다. 정확히는 '개보다 못한 곰 한 마리와 개보다 나은 벌꿀오소리 한 마리'였지만.

벌꿀오소리의 오감은 저 조심스러운 발자국이 사람의 것이 아닌 짐승의 것이라는 사실을 알려주었다. 영웅은 가족들이 깰까 봐 조심스레 화단 사이에 몸을 숨기고 침입자를 살펴보았다. 마당으로 들어온 녀석은 주차된 차로 가 그 주변을 둘러보며 인기척을 확인하는 듯했다. 녀석이 차의 보닛 위로 올라선 순간 어스름 달빛에 작은 체구가 드러났다.

벌꿀오소리가 된 영웅은 누구보다 야생동물의 종류에 해박해졌기에 한눈에 종을 파악할 수 있었다. 큰 고양이 정도 크기에 굵고 긴 꼬리를 가진 담비였다.

목에 노란 털이 나 노란목도리담비로 불리는 녀석은 멸종위기 2급 동물로 지정되어 있었다. 귀여운 외모와는 달리 길고양이를 잡아먹고 노루도 사냥할 정도로 육식성이 강했다.

노란목도리담비는 보닛 위를 걸어 다니며 유리창 여기저기를 들여다보았다. 바로 그 순간, 또 다른 노란목도리담비 한 마리가 마당 안으로 들어왔다.

영웅은 녀석들이 조를 이루어 사냥하는 습성이 있음을 기억해 냈다. 두 마리가 한 조라면 부부거나 부모 자식 관계일 가능성이 높다. 사냥이 목적이라면 뒷마당 닭장 속 닭을 노리고 들어온 게 틀림없었다.

'우리 가족이 올 때면 외할머니가 한 마리씩 잡아주는 귀한 토종 닭을 네놈들이 노려?'

영웅은 닭장 쪽으로 가는 어린 담비를 향해 돌진했다. 녀석의 목덜미를 물고 길목을 막아서자 큰 담비가 달려와 영웅을 막아섰다.

그런데 이상하게도 여느 담비들처럼 물거나 할퀴는 것이 아니라 영웅의 눈을 가리고, 발가락을 하나하나 뜯어내는 식으

로 영웅을 막아서고 있었다. 자세히 보니 어린 녀석의 어미 같
은데, 하는 행동은 꼭 싸움을 말리는 사람 같아 보였다.

영웅이 어린 담비를 물고 흔들어대자 큰 담비가 소리쳤다.

"한영웅!"

그 소리는 영웅의 모든 신체 기관을 마비시켰다. 잊으려야
잊을 수 없는 목소리였다.

"그만둬!"

"⋯⋯."

"한영웅! 너는 왜 앞뒤 재지도 않고 달려들기부터 해?"

"설마⋯⋯."

영웅은 제 볼을 꼬집고 싶은 심정이었다. 목덜미를 물고 있
던 주둥이가 툭 벌어지며 어린 담비가 땅바닥에 떨어졌다. 치
명상은 아니었지만 털이 온통 피로 물들어 있었다.

"어머, 이 피 좀 봐."

노란목도리담비가 쓰러진 새끼 담비를 껴안아 상처를 정성
스럽게 핥아댔다.

"설마, 설마⋯⋯ 엄마?"

엄마는 한숨을 푹 쉬면서 영웅에게 말했다.

"가서 현관문 열 수 있지? 얘 좀 안으로 옮기자."

영웅은 넋이 빠진 채 멍하니 서 있을 뿐이었다.

"정신줄 안 붙잡아?"

그 말에 퍼뜩 정신이 돌아온 영웅이 창문으로 들어가 잠긴 현관문을 열었다. 거즈로 피를 닦고 상처를 치료하는데, 방문이 열리고 누나와 태웅이 나왔다. 그 순간 영웅은 다친 담비의 목을 수건으로 덮어 눈에 띄지 않게 했다.

어리둥절한 두 사람은 거실에 있는 노란목도리담비 두 마리와 벌꿀오소리 영웅을 번갈아 보며 멍한 표정을 지었다.

"그새 또 친구를 사귄 거야?"

영웅은 고개를 저으며 말했다.

"……엄마야."

그러나 더 이상 동물 말을 알아듣지 못하는 태웅은 그저 동생이 예전처럼 또 다른 동물 친구를 데려온 것이라 생각할 뿐이었다.

"근데 이번 친구는 엄마랑 새끼네."

"우리 엄마고, 쟤는 진짜 담비 새끼라고."

답답함에 자기 가슴털을 쥐어뜯던 벌꿀오소리는 소파에 놓인 태블릿을 찾아 글을 쓰려 했다. 바로 그 순간 엄마의 목소리가 영웅을 가로막았다.

"영웅아, 그냥 당분간은 모르게 하자."

"왜? 왜 그래야 하는데?"

엄마는 가타부타 대답이 없었다. 그 이유가 자기 때문인 듯하면서도 또 눈앞의 새끼 담비 때문인 듯도 하여 속이 답답해졌다. '엄마'를 쓰고자 했던 'ㅇ' 옆에 엉뚱한 동그라미들만 그려댔다.

"태웅이 네가 쟤들 음식 좀 챙겨줘. 누나 자러 들어간다."

누나는 하품을 하며 방으로 들어갔고, 태웅은 졸린 눈을 비비며 영웅 앞에 앉았다.

"얘네는 뭐 먹지? 사료 줘야 하나? 어, 근데 이 큰 친구는 눈이 진짜 예쁘게 생겼네."

엄마와 태웅은 동물화되면 각자 몰라보기 품앗이를 하기로 작정한 듯 서로의 존재를 알아차리지 못했다.

"영웅아, 형 들어가서 자라고 해."

"……엄, 아니 들어가서 자래."

"응?"

"이 담비들 밥은 내가 챙겨줄 테니까 들어가서 자라고."

영웅이 이빨을 반쯤 드러내고 으르렁거리자 태웅은 동생의 심기가 불편하다는 걸 한눈에 알아차렸다.

"알았어. 그럼 나 들어갈게. 필요한 거 있으면 깨워."

태웅이 들어가자 영웅은 엄마를 돌아보았다.

정성스레 새끼의 상처를 핥고 있는 엄마를 보고 있자니 또다시 기가 막혔다. 그러다 문득 이상한 생각이 들었다.

나의 엄마는 어미를 잃은 어린 새끼들에게 빛나는 등대와도 같은 사람이구나. 앞이 보이지 않는 어둠 속에서 길을 이끌어주는 사람이라 늘 이렇게 애처로운 영혼들이 몰려들어 길을 찾는 건가.

물끄러미 바라만 보는 영웅의 시선을 느꼈는지 엄마가 한숨을 쉬며 말했다.

"하고 싶은 얘기 있으면 해."

"왜 엄마가 동물화된 거야? 어째서 이렇게 된 거냐고!"

"만날 벌꿀오소리 생각만 하고 살다 보니 이렇게 변하더라. 자고 일어나니 변해 있었어."

"내 생각을 했으면 벌꿀오소리가 돼야지 노란목도리담비가 되면 어떡해?"

"비슷하게 생겼잖아. 난 엄마라 노란색이 추가된 줄 알았지. 대한민국에 자식 따라 동물화된 건 나밖에 없지 싶다."

그러나 그 말은 두 사람의 마음을 동시에 아프게 했다. 피한 방울 섞이지 않은 부모와 자식이 서로를 닮았다고 우기는 것보다 더 황당한 주장이었다.

정명혜는 아직도 자신이 동물이 됐다는 게 믿기지 않았다.

침대에서 일어나 앉자마자 노란 털로 뒤덮인 자기 몸이 보였다. 일어서려고 발을 내디뎠는데 바닥에 먼저 닿은 것은 팔이었다. 욕실 세면대에 뛰어올라 거울을 보니 웬 노랗고 긴 다람쥐 같은 동물 하나가 보였다. 황당해서 말이 나오지 않았다. 태웅과 영웅의 동물화를 겪지 않았다면 스스로 미쳤다고 생각했을 것이다.

까무러칠 일임에도 이내 마음이 차분해졌다. 제 몸으로 낳은 아들이 아니라 이해하지 못한 것에 대한 벌일까 싶었다.

엄마의 자초지종을 들은 영웅은 달리 할 말이 없었다. 정말 묻고 싶은 말은 따로 있었지만 오늘은 차마 그 말을 할 수 없었다.

다음 날 아침이 되어 정명혜가 제일 먼저 본 것은 깨끗이 치워진 거실이었다. 어린 담비가 흘린 핏자국과 지혈했던 거즈는 찾아볼 수 없었다. 깨끗한 밥그릇과 물이 함께 놓여 있었고, 집안 살림살이는 소가 혀로 핥고 간 듯 반들반들 윤이 나게 정돈되어 있었다. 귀신이 세 들어올 것 같았던 창고마저도 거미줄과 흙바닥이 말끔히 치워져 있었다.

　뒷마당으로 돌아간 명혜는 피 묻은 거즈를 쓰레기봉투에 넣고 단단히 봉하는 영웅을 보았다.

　"너 거기서 뭐 해?"

　"피 묻은 거 치웠어. 누나랑 형이 보면 오해하잖아."

　"지금 보니 한두 번 해본 솜씨가 아니네?"

"큰 사고는 작은 사고로, 작은 사고는 없던 일로, 그게 내 철칙이야."

명혜는 기가 막혔다. 영웅의 눈높이에 서고 보니 미처 몰랐던 아들 인생의 사각지대가 비로소 보이는 기분이 들었다.

"집은 누가 치워줬니?"

"어제 누나랑 형이 치웠어."

명혜는 더 묻지 않고 방으로 돌아와 다친 담비를 살폈다. 그러다 풉, 웃음이 났다. 일곱 살 때 제 형이 똥 싼 바지를 들킬까 봐 바지째 쓰레기봉투에 넣고 입구를 묶던 영웅의 모습이 떠올랐기 때문이다. 어쩜 그때랑 하나도 바뀌지 않았는지.

자그마한 담비가 되어 아이들을 바라보니 언제 이렇게 컸나 싶을 만큼 훌쩍 자란 모습이 보였다. 첫째 지연은 두 동생을 잘 다루고, 둘째 태웅은 온순한 성격으로 가족들의 다툼을 중재하고, 막내 영웅은 가족 일이라면 두 팔 걷어붙이며 제가 먼저 나서고.

그런 명혜의 눈에 다시 어린 담비가 들어왔다. 숲에서 이 녀석을 만나지 않았더라면 자신은 어땠을까.

영웅은 명혜가 어린 담비를 돌본다고 생각했지만 사실은 반대였다. 생존에 대한 기본적인 본능도 느끼지 못해 다른 동물들에게 공격당하기 일쑤인 엄마 담비를 보호해 주는 건 오히려 어린 담비였다. 높은 나무에 올라 사냥감을 찾고, 그 사냥감을 낚아채는 법도 명혜에게 가르쳐주었다.

사람 나이로 치자면 이제 막 십 대쯤 되었을 담비가 더 나이 많은 담비를 가르친다는 것은 동물의 세계에서도 무척이나 낯선 광경임이 틀림없었다. 그러나 어린 담비는 수풀에 걸려 넘어지기 일쑤인 엄마 담비가 이 세계에 갓 발을 디딘 초보임을 한눈에 알아보았다.

마치 엄마를 잃고 산을 헤매던 어린 날의 자신처럼, 어린 담비는 엄마 담비를 자신의 피붙이같이 대했다. 서로 말이 통하지 않았지만 작은 몸짓과 꼬리 모양으로 의사소통을 했다.

새끼 담비는 엄마와 영웅의 보살핌으로 열흘 만에 사냥을 할 수 있을 만큼 몸이 회복됐다.

집에 늘 사료와 먹거리가 있음에도 두 담비는 들과 산으로 사냥을 다녔다. 둘은 손발이 잘 맞는 사냥 파트너였는데 여전히 새끼 담비가 엄마를 가르치며 이끌고 있었다. 좀 이상한 조합이었지만 그들의 사냥에 벌꿀오소리도 함께했다.

둘의 협업을 바라보는 영웅의 마음은 서글프기도 하고 부끄럽기도 했다. 사춘기를 겪는 십 대도 아닌 엄마가 동물화된 것이 꼭 자기 때문인 것만 같아 마음이 아팠다.

"영웅아, 근데 엄마가 노란 뭐라고 했지? 들어도 들어도 자꾸 까먹네."

"노란목도리담비라고, 멸종위기종이야."

"이름 참 예쁘다."

"생긴 건 귀엽게 생겼는데 좀 거칠어. 길고양이도 사냥하고."

"그런 것 같더라. 저 꼬맹이가 자꾸 길고양이를 쫓아가자고 하더라고."

"엄마는 쟤랑 말이 통해?"

"아니, 그냥 눈을 들여다보면 무슨 생각을 하는지 알게 돼. 몸짓, 꼬리 모양으로 의사가 전달되더라고."

그 말에 영웅은 씁쓸하게 웃음을 지으며 말했다.

"엄마한테는 딱 그런 애들이 몰려드나 봐. 엄마가 없어서 불쌍한 애들. 그런 애들 수집가."

"괜한 소리."

"엄마가 등대처럼 환하다는 뜻이야. 힘들 때 무작정 쫓아가게 만들게."

"자식 키우는 사람이라면 다 비슷한 마음이었을 거야."

"대한민국에 그 어떤 부모도 갱년기가 왔다고 동물이 되지는 않아. 엄마는 왜 변한 건데?"

"너 정말 이유를 모르겠어?"

"몰라, 정말 모르겠어."

"태웅이가 곰이 되고, 네가 벌꿀오소리가 되었을 때 생각했거든. 차라리 나도 같이 동물이 되면 마음이 좀 놓일 텐데. 왜 애들만 이렇게 변해서 힘들까? 태웅이가 변했을 때는 나도 곰이 되게 해달라고

기도했고, 네가 변했을 때는 나도 벌꿀오소리가 되게 해달라고 빌었는데 다행이지 뭐니. 이제라도 같은 동물이 되었으니까."

"엄마는 화나지 않아? 피 한 방울 안 섞인 아들 두 놈이 전국 뉴스에 나올 만큼 큰 사고를 치고, 한 놈은 그것도 모자라 사람이 되었다가 다시 동물화되었는데 엄마는 화가 안 나냐고."

"화 안 나. 오히려 감사해."

"이게 감사할 일이야?"

"영웅아, 사람은 자기 자신을 위한 훌륭한 마음 통역사가 돼야 해. 자기 생각이랑 말을 더 좋은 표현으로 바꾸는 힘을 가져야 해."

"어떻게?"

"너 만날 입에 달고 사는 나쁜 말 아무거나 해봐."

"안 해. 하기 싫어."

"'안 해'는 '다른 거 할래', '하기 싫어'는 '생각 좀 해볼게요'라고 말하면 되고."

벌꿀오소리 영웅은 어이없다는 얼굴로 되받아쳤다.

"그냥 말장난이잖아. 짜증 나."

"'짜증'은 '30분 뒤에는 사라질 감정'이라고 번역하고."

영웅은 더 이상 말을 잇지 못했다.

"죽겠네, 라고 말하는 건 아직은 살 만하다는 거고. 되는 일이 없네, 라고 말하는 건 많이 노력했기 때문에 할 수 있는 말인 거고. 귀신은 저런 놈 안 잡아가고 뭐 하냐, 라는 말은 더 나쁜 놈 잡아가느라 바쁘니 저놈 순번은 다음에 오나 보다로 바꾸면 돼. 나 자신을 위해 스스로 좋은 통역사가 되어야 좋은 일이 생기는 거야."

"세상 귀찮게 뭣하러. 엄마랑 쟤 돌보는 것도 힘들어."

말로는 그리 툴툴대면서도 영웅은 늘 엄마와 새끼 담비 뒤를 쫓았다.

사냥력으로는 벌꿀오소리를 따라올 자가 없는 데다 오랜 시간 동물화된 몸으로 지내온 터라 영웅은 그 지역을 손바닥처럼 꿰뚫고 있었다. 자신의 잘못으로 엄마까지 동물화됐고, 새끼 담비도 다쳤으니 이제 자기가 나서서 둘을 보호해야 한다는 생각이 들었다.

선두로 달려가던 엄마가 길가에 우뚝 멈춰서 수풀을 들여다보았다. 뒤따르던 영웅이 무슨 일인가 싶어 주변을 살피며 물었다.

"왜? 이상한 동물이라도 있어?"

"영웅아, 이것 좀 봐."

영웅은 엄마가 가리키는 한갓진 길가를 살펴보았다. 수풀만 무성한 그곳에는 아무 움직임이 없었다.

"거기 뭐가 있었어?"

"저거…… 찔레꽃이야."

그 말은 영웅의 마음에 저릿한 울림을 던져주었다.

"엄마가 좋다고 한 꽃 말이야. 네가 꽃말이 고독이라고 가슴을 후벼 팠던 거."

"아, 언제 적 얘기를 또……."

"근데 영웅아. 네가 한영웅이고, 벌꿀오소리라는 이름을 가진 것
처럼 찔레꽃의 꽃말도 여러 개거든. 찔레꽃은 고독이라는 뜻도 가
지고 있지만 또 다른 뜻도 가지고 있어."

"고독 말고 또 다른 의미가 있어? 뭐, 외로움?"

"아니, 그런 거 말고 좋은 뜻. 동영상이나 SNS에 올라온 말만 듣
지 말고 사전이나 책을 찾아봐. 한 걸음 더 배울 수 있을 거야."

"그래서 또 다른 꽃말은 뭔데?"

"저렇게 하얗고 작은 꽃들이 오순도순 모여 핀 걸 보면 뭐가 떠
오르니?"

"꽃다발 3만 원어치."

그 말에 엄마는 까르르 웃었다.

"우리 영웅이답네."

제가 한 말이지만 영웅도 피식 속으로 웃음을 삼켰다.

"너희는 꽃집에서 살 수 있는 꽃이 아니잖아. 나한테 찔레꽃처럼
마냥 귀하디귀하고 예쁜 애들이지. 꽃집에 가면 장미도 백합도 안
개꽃도 다 예쁘다고 아우성이지만, 찔레꽃은 들판에 가도 때가 맞
지 않으면 볼 수 없는 꽃이야. 엄마는 저 예쁘게 피어 있는 찔레꽃을
보면 옹기종기 모여 밥 먹는 한식구가 떠올라. 다섯 개의 꽃잎이 제
각각이잖아. 그렇게 모인 수많은 꽃이 조그만 꽃밭을 이뤄서 좋은

향기를 피우고…… . 마치 우리 가족 같지 않니?"

영웅은 엄마가 하고자 하는 말의 의미를 알 것 같았다. 단한 번도 엄마의 마음을 헤아리려 노력해 본 적 없었지만, 어쩐지 지금은 끝없이 참고 견디며 이곳까지 온 엄마의 그 마음을 알 것 같았다.

"저 예쁜 찔레의 또 다른 꽃말은 '가족에 대한 그리움'. 그래서 엄마가 제일 좋아하는 꽃."

울컥하는 감정이 들 때마다 태웅은 흡, 눈물을 삼키며 뒤돌아서곤 했는데 이제 영웅도 그 느낌이 뭔지 알 것 같았다.

'아씨, 한태웅한테 물들었어.'

영웅은 다급하게 뒤돌아서 먼 하늘을 보며 눈물을 훔쳐냈다.

그나저나 엄마는 왜 생모를 찾아갔는지 묻지 않을까.

영웅은 답답한 마음이었지만 차마 그 이야기를 먼저 꺼내지는 못했다. 하지만 담비를 돌보는 엄마를 지켜보다, 혹시나 가슴 속에 그 이야기를 묻고 있을 엄마를 위해 자기가 먼저 말을 꺼내는 게 나을 듯했다.

"엄마…… . 나 사실 다시 벌꿀오소리가 된 게 그날이 처음 아니었어."

"응?"

"집을 여러 번 나가 있었던 것도 그걸 보이기 싫어서였어."

"그럼 여러 번 사람이 되었단 뜻이야?"

"왜인지는 모르겠지만 세 번 정도 사람이 되었다가 다시 벌꿀오소리로 돌아오더라고. 나도 이유를 모르겠으니까 너무 답답했어. 가족들에게 이런 모습을 보이고 싶지는 않았어. 그래서 나간 거야."

"말을 하지 그랬어."

"나만 너무 이상하잖아. 사람으로 돌아왔다가 다시 벌꿀오소리가 되고, 하루 만에 다시 사람으로 돌아오고. 이게 몇 번 반복되니까 좀 무섭더라고. 이렇게 영원히 오락가락하면서 살아야 하면 어쩌나 싶고. 그리고……."

영웅은 잠시 말을 멈추고 기다렸다.

"버려진 날이 아니라 내 진짜 생일이 언제인지, 나는 왜 이런지 물어보고 싶었어. 그래서 물어볼 사람이 필요했어. 나랑 똑같은 DNA를 가진 사람에게, 당신도 어린 시절에 이런 일을 겪었냐고. 동물화가 아니었어도 이렇게 뭔가가 계속 변했던 경험이 있었냐고."

"물어봤니?"

"아니."

"왜?"

"괜히 걱정할까 봐."

"……."

"한 일고여덟 살짜리 아이가 있더라고. 그 아이가 사춘기가 와서 동물화되면 나처럼 변할 거라고 지레 걱정할 거리를 안겨주고 싶지는 않았거든."

엄마는 조용히 웃고 있었다.

"영웅아. 사실 엄마가 대학 때 전공을 한 번 바꾸고, 그것도 모자라 다시 시험을 쳐서 대학에 들어갔거든. 터널 같은 입시 생활을 몇 번이나 했어. 아무래도 네가 날 닮은 모양이다. 자기 길을 찾아 오래도록 헤매는 건 날 닮아서 그래, 영웅아. 그러니 '나는 왜 이런가' 하고 괜한 생각이 들면 네가 헤매고 있다고 생각하면 돼. 헤매는 게 나쁜 것만은 아냐."

영웅은 엄마의 말에도 아무 대답이 없었다.

"엄마가 대학생 때 유럽으로 배낭여행을 떠났었는데, 그때 오스트리아에 있는 한 미술관을 찾아갔었어. 근데 길을 잘못 들어서 원래 가려고 한 미술관 바로 옆에 있던 딴 미술관에 들어간 거야. 실수로 들어간 곳이었지만 입장료가 아까워서라도 그냥 봐야지 했는데, 여행을 통틀어 이 잘못 들어갔던 미술관에서의 시간이 제일 즐거웠어. 엄마는 이때의 경험을 늘 기억하면서 살아. 계획과 다르게 잘못 들어갔어도 내가 어떤 마음가짐으로 그곳을 바라보느냐가 더 중요한 문제더라고."

"엄마한테 나는…… 잘못 들어간 미술관인 걸까?"

"아니, 너한테 엄마가 잘못 들어온 미술관인 거지. 네 여행을 통틀어서 엄마가 너한테 그런 미술관이 되어주고 싶어. 다른 곳으로 가려고 했지만 잘못 들어온 우리 집이 네 인생에서 가장 즐거운 기억이 되었으면 해."

그 말을 마치자 듣고만 있던 영웅이 아이처럼 엉엉 울었다.

노란목도리담비는 사람이었을 때 본 적 없던 아들의 눈물을 보았다. 제 형보다도 더 용감하고 그 어떤 일에도 꺾이지 않던 아이가 처음으로 제 상처를 드러내 보이는 순간, 엄마는 영웅이의 말대로 그 마음을 제대로 알지 못했다는 것을 깨달았다. 아이의 진짜 모습이 아닌 아이가 보이고 싶은 모습을 그대로 믿고서 마음을 내려놓고 살았음이 미안했다.

이 아이는 이토록 사랑받는 것에 진심이었는데.

눈물을 닦아주는 대신 바람이 불어오는 곳으로 고개를 돌렸다. 아이가 제힘으로 감정을 털어내고 다시 씩씩하게 해사한 얼굴이 될 때까지 조금 기다려주는 것도 괜찮다고 생각했다.

영웅을 붙잡았던 그물을 내려놓고서야 비로소 바람 같았던 아들을 더 깊이 이해하게 된 듯했다.

"이럴 수가!"

섬과 정훈은 놀라움의 탄성을 동시에 내뱉었다. 유난히 일찍 종례를 마치고 나왔더니 세상에, 농구대가 텅 비어 있었기 때문이다.

학교 농구대가 비는 날은 딱 세 번, 대한민국 양대 명절인 설과 추석 그리고 태풍이 몰아치는 날뿐이라는 전설이 있다. 중학교 운동장 농구대는 시험 전날에도, 시험 당일 아침에도, 시험을 망친 그날 오후에도 늘 아이들로 붐볐다.

텅 빈 농구대를 본 순간 섬과 정훈은 눈이 휘둥그레졌다. 1초라도 먼저 농구대에 들러붙어 있는 자가 그 농구대의 주인이고, 향후 30분 동안은 누구도 건들지 못한다는 불문율은 학교 안의 공공연한 규칙이었다.

한발 늦게 종례를 마친 아이들이 학교 건물 밖으로 쏟아져 나왔다. 섬과 정훈은 가방을 내동댕이치고 빛의 속도로 농구대로 달려갔다.

섬과 정훈이 농구대를 선점하자 아이들은 맞은편 농구대를 향해 먼지를 일으키며 뛰어갔다. 친구들 몇몇이 더 붙어서 3대3이 만들어지자 자연스레 농구장은 섬과 정훈의 독무대가 되었다.

먼저 10점을 내는 쪽이 음료수를 사는 미니 게임이었는데, 섬은 밑창이 뜯어지기 일보 직전인 실내화를 신은 채 전성기의 마이클 조던을 보는 듯한 볼을 쏘아 올렸다. 승리의 여신 니케(Nice)는 자신의 한쪽 날개를 본떠 만든 나이키(Nike)를 신은 아이들을 외면하고, 실내화를 신은 섬의 손을 들어주었다. 기가 막힌 타이밍에 경기를 끝낸 두 사람은 주먹을 부딪치며 '나이스(NEIS)'를 외쳤다.

정훈이 학교 앞 편의점에 음료수를 사러 간 동안 섬은 땀에 젖은 얼굴을 닦고 앉아 있었는데 계속 가쁜 숨소리가 새어 나왔다. 오랜만에 느끼는 짜릿함에 휘몰아치는 아드레날린이 가라앉질 않았다.

이상하리만치 땀이 쏟아졌다. 오후 4시의 햇살과 솔솔 부는 바람 탓이었을까. 돌연 생각이 끊겼다. 몸이 가수면 상태로 돌입하는 기분이었다. 정훈이 사 온 이온음료를 마시면서도 반쯤은 눈을 감고 있었다. 그러다 왈칵 옷에 음료수를 쏟았다. 어째서인지 입안에 머금은 음료수가 목구멍 안으로 쉬이 넘어가질 않았다.

"아, 뭐야? 왜 아까부터 계속 흘리면서 마시냐. 빨대라도 꽂아줄까?"

"정훈아, 나 입이 이상해."

"뭐라고?"

"입이 이상하다고."

"집 이사한다고?"

"아이, 내 입이……."

바로 그 순간 정훈이 소리를 질렀다. 으악! 하는 소리에 편의점 근처에 있던 사람 모두가 깜짝 놀랐다.

"너, 너, 너! 이, 입이!"

섬을 바라보는 녀석의 눈이 왕방울만 해졌다. 섬은 손을 들어 자신의 입술을 만져보았다.

입술이 있던 자리에 딱딱하고 이상한 물체가 느껴졌다.

휴대전화를 들어 카메라를 켜보았다. 화면 속 자신의 입이 딱딱한 새 부리로 변해 있었다. 정훈은 주변을 돌아보며 벗어놓은 후드 재킷을 섬에게 입혀주고 모자까지 씌웠다.

"너 동물화되나 보다. 얼른 집으로 가."

정훈의 재촉에 섬은 부리나케 집으로 달려갔다.

현관문을 열자마자 엄마에게 이 사실을 알렸다. 사춘기 아이들에게 동물화 현상이 일어난다는 것은 알고 있었지만 몸의 일부분에만 동물화가 진행된다는 이야기는 들어본 적이 없었다.

섬의 부분 동물화 소식에 온 가족이 집으로 돌아왔다. 아빠는 부리를 찬찬히 들여다보며 새의 종류를 조사했고, 엄마는 부리를 덮어씌울 특수 마스크를 만들었다. 형은 부리에 형광물질을 발라놔야 다른 새와 구분된다며 이상한 물감을 들고 왔다.

가족들은 머리를 맞대고 의견을 나누었지만 새벽이 되도록 이 괴이한 현상에 대해 답을 찾지 못했다. 엄마는 동물화된 아이들의 인터뷰 영상을 찾아서 보여줬다. 새가 된 아이가 지지배배 지저귀면 그 아래에 '실명 나가는 거 아니죠?'라는 자막이 올라왔다. 곰이 된 아이가 나와 우우웅, 울부짖으면 그 아래에 '배고파서 인터뷰 못 하겠어요'라는 자막이 달렸다.

"섬아, 쟤들이 하는 말 들리니?"

"아니. 하나도 안 들려."

"아무래도 넌 동물화가 덜 진행된 모양이야. 부리만 달렸지 혀도 사람 그대로니까 그게 맞는 말 같은데……. 안 되겠다. 여보, 오늘은 섬이를 일찍 재워야겠어. 자고 일어나면 나머지 몸이 새가 될지도 모르잖아."

"아, 근데 이미 새벽 1시잖아. 나 손가락은 멀쩡하니까 게임 한 판만 하고 자면 안 돼?"

그 말에 엄마의 매서운 손이 섬의 등짝을 가격했다.

"어유, 이놈 이거 뭐가 되려고 아직도 정신을 못 차려. 이 지경이 되고도 입만 살아서는."

"'입만 살아서는'이 아니고 '입만 새가 돼서는'이지 엄마."

형이 한마디 보태자 엄마는 남은 한 손으로 형의 등짝을 때렸다. 강제로 취침당한 섬은 눈을 끔뻑거리며 빛이 새어 든 천장을 바라보았다.

내일 아침에 일어났을 때 나는 어떤 새가 되어 있을까? 이왕 변할 거면 계속해서 말할 수 있는 앵무새가 되면 좋겠는데. 아니면 좀 폼이 나는 새라든가. 백조가 좋을까, 다리가 긴 홍학이 좋을까? 아니면 밤새 게임을 해도 무너지지 않을 야행성 부엉이가 좋을까. 근데 타조도 새로 치나. 그나저나 진짜 날 수는 있으려나.

섬은 이런저런 생각들에 새벽녘까지 뒤척이다가 까무룩 잠이 들었다.

다음 날 아침, 섬을 바라보는 가족들의 얼굴에 당황한 기색이 역력했다. 자고 일어나면 나머지 몸까지 새가 되리라 믿어 의심치 않았다. 그러나 섬의 몸은 부리를 제외하곤 여전히 사람이었다.

아무리 인터넷을 뒤져도 몸의 일부분만 동물화되었다는 사례는 전무했다. 황당하기는 당사자인 섬 역시 마찬가지였다. 새가 되거나 사람이 되거나. 둘 중 하나로 변하는 게 당연하지 않나. 사람도 아니고, 새도 아니고. 딸랑 입만 새 부리로 변한 건 누가 봐도 이상한 동물화였다. 그때부터 알 수 없는 불안이 밀어닥쳤다.

남들과 다르다는 것은 괜한 심란함을 안겨주었다. 남들이 동물로 변하고, 다시 사람으로 돌아오는 속도를 따라가지 못한다면…… 이도 저도 아닌 생은 어느 쪽에서도 받아주지 않을 게 뻔했다.

이제는 동물화가 삶의 한 단계로 받아들여지기 시작했지만, 몸의 일부분만 동물화되거나 이처럼 변화 속도가 느린 경우는 듣도 보도 못한 일이었다. 온 가족이 말없이 소파에 모여 앉았다. 모두 할 말을 잃은 채 바닥만을 내려다봤다.

무거운 침묵 속에 형이 입을 열었다. 형은 인터넷에 떠도는 '빨리 동물화되는 방법'을 읊었다.

"엄마에게 소리 지르고 방문 쾅 닫기. 이게 동물화되는 데 직방이래."

"해봤어."

"나 밥 안 먹어! 가족들 식사 자리에서 숟가락 탁 놓고 자기 방에 들어가며 문 쾅 닫기. 이건?"

"그것도 해봤어."

"엄마 아빠 말이라면 귓등으로 듣고, 소리 지르고, 돈 달라고만 하고, 엄마가 뭘 아느냐며 도끼눈 뜨고……. 야, 이 정도면 거의 패륜인데."

"그거 내 평소 모습이라고 까는 거지?"

"아, 말하고 보니 그렇네. 이 새끼, 이거 평소 행동대로라면 초고속 동물화인데."

"형, 근데 그걸 다 했다고 해서 동물화되는 게 아니잖아. 말 잘 듣던 엄친아는 엄마 대신 설거지하다가 동물화됐다는데, 걔는 또 뭐냐고."

섬의 문제는 변화 자체가 아니라 속도에 있었다. 남들은 0.1초 만에 변하는 걸 이틀째 변하고 있다는 건 누가 봐도 속이 터질 일이었다.

"가출하기. 이게 최강이다."

한숨이 절로 나오는 비법을 듣고 있자니 출구 없는 동굴에 갇힌 기분이었다.

"지금까지 이런 경우가 없지는 않았을 거야. 다만……."

"다만?"

"그렇게 일부만 변한 아이들은 아예 집 밖으로 나오지 않았던 거지.”

그 말을 들은 섬은 겁에 질렸다. 몇 년 동안 수많은 아이가 동물화를 겪었지만, 아직까지 세상에 알려지지 않은 사례라는 건 정말 없거나 철저히 숨겨졌거나 둘 중 하나일 테니.

“이건 마치 배가 아파서 화장실에 갔는데 방귀만 뀌고 있는 거랑 똑같은 거야.”

“준아!”

엄마가 칠색 팔색을 하며 형을 나무랐다.

“아니, 비유가 그렇다고. 일단 신호가 왔으면 끝까지 가는 거지. 찜찜하게 중간에 멈추는 게 어딨어? 차라리 팔이 날개로 변했다면 얘가 지금 얼마나 신났겠어요. 나머지 부분이야 새가 되든 말든 얼마나 날아댕겼겠냐고요. 새가 될 거면 날개가 먼저 변해야지 부리는 진짜 아니다.”

섬도 형의 말이 옳다고 생각했다. 날개가 있었다면 하늘이라도 실컷 날아보는 건데. 하지만 입이 부리가 된 건 아무짝에도 쓸모없는 일이지 않나.

당장 식사 시간이 되자 섬의 우려가 바로 현실이 되었다. 식탁에 차려진 그 어떤 음식도 부리를 가진 입으로는 먹을 수 없었다. 엄마가 급히 죽을 만들어줬지만 이마저도 숟가락으로 떠먹기 힘들었다. 결국 섬은 그릇에 머리를 박고 사방팔방 죽을 튀기며 먹어댈 수밖에 없었다. 이후 섬의 식사는 자연스럽게 방 안으로 배달되었고, 홀로 밥을 먹게 되었다.

다음 날도, 그다음 날도 섬은 새가 되지 않았다.

오직 새의 부리만 가진 사람인 채로 시간이 흘러갔다. 엄마는 학교에 사정을 설명했지만 사람이든 동물화든 무조건 등교가 원칙이기에 주둥이만 변한 섬일지라도 결석을 인정할 수 없다는 대답이 돌아왔다.

아빠는 한국조류보호협회에 연락해 섬의 부리가 어떤 새의 것인지를 물어보았다. 협회 측에서는 섬의 부리가 큰 편에 속하고 머리와 완만하게 이어진 것을 보면 까치형 부리를 가진 까마귀로 보인다고 말했다.

아빠는 조류 백과와 인터넷을 뒤져 온갖 종류의 까마귀 정보를 긁어모았다. 컴퓨터가 연결된 텔레비전 화면에 까마귀 사진을 띄우고 섬이 그 옆에 가서 섰다. 가족들의 추리가 이어졌다.

"섬아, 옆으로 돌아봐."

섬은 사진 속 까마귀처럼 옆으로 부리를 내밀고 섰다.

"쟨 부리가 더 두껍고 짧은 게 섬이랑은 달라. 다음 사진."

마치 몽타주로 범인을 대조하듯 사진 속 까마귀 부리와 섬의 부리 비교가 이어졌다.

"저건 부리가 살짝 갈색인데 섬이는 검은색이잖아. 달라."

"같은 종이라도 부리 색깔이 다를 수 있다고 했어. 그냥 모양이랑 길이만 봐."

"얼굴까지 변해야 비율을 확인하지. 부리 크기만 가지고 비교할 수는 없어."

계속 자료를 검색하던 형이 무언가를 발견한 듯 다급하게 사진 하나를 띄웠다. 전체적인 색깔은 고동색과 갈색이 섞인 새였는데 몸 전체에 뚜렷한 흰 점이 있었다. 아래 꼬리덮깃과 꽁지깃 끝은 흰색이고 부리와 다리는 검은색이었다. 다양한 각도에서 찍은 사진 속 부리를 비교해 보니 지금까지 본 새들 가운데 섬의 부리와 가장 비슷했다.

"어머, 딱 닮았다! 준아, 이게 무슨 새니?"

"얘도 까마귀예요. 잣까마귀."

섬이 보기에도 잣까마귀의 부리와 자신의 부리가 어딘지 모르게 닮았다는 느낌이 들었다. 잣까마귀의 더 많은 사진을 화면에 띄우고는 형이 말했다.

"얘는 1년 내내 높은 산에서만 산대. 주로 북한에 서식하고 우리나라에서는 설악산 대청봉에서 무리를 이뤄 생활한다는데."

"뭐? 설악산?"

"안 그래도 설악산 밑에 동물화된 아이들 모이는 곳이 있다던데 거기 가볼까?"

"거기 가서 뭐 하려고요?"

"진도 따라잡아야지. 온몸이 변하는 데 몇 년이 걸리면 사람으로 돌아오는 데도 몇 년이 걸릴 수 있잖아."

그 뒤로 아무도 말이 없었다. 새의 이름을 찾았지만 그다음에는 무얼 해야 하는지 막막하기만 했다. 보다 못한 아빠가 말했다.

"일단 이 생각 저 생각 하지 말고 설악산으로 가보자. 거기가면 뭔가 변화가 있을지도 모르잖아."

"나도 그게 맞는 것 같아. 동물화는 한 번에 진행되는 게 정설인데 이렇게 버퍼링이 걸린 경우라면 서식지에 갔을 때 재부팅될 수도 있겠지."

주야장천 컴퓨터 게임만 하는 형다운 표현이었다. 설악산까지 가야 한다는 사실이 껄끄러웠지만 달리 대안이 없었다.

그 주 토요일 아침. 전날 밤늦게까지 게임을 해 오전 10시가 다 되어서야 눈을 뜬 섬은 비몽사몽 끌려 나와 차에 올랐다. 가족들은 섬을 기숙학교에 보내기라도 하는 것처럼 바리바리 짐을 싸두었다. 이불부터 세면도구, 옷가지 등이 커다란 여행 가방 하나에 가득 담겼다.

중간에 잠시 휴게소에 들른 뒤 내리 세 시간을 달려 도착한 곳은 설악산 아래 작은 콘도였다. 겉보기엔 별다를 게 없어 보이는 이곳에 여러 대의 차가 속속 도착했다.

차에서 내리는 사람들은 동물 케이지를 하나씩 들고 내렸는데, 주변에서 보기 힘든 특이한 종이 많았다. 털이 풍성한 라쿤부터 2미터는 돼 보이는 볼파이톤(공비단뱀), 앙증맞은 사막여우, 희귀종인 레서판다까지 다양한 동물들이 보였다. 더러는 케이지에 넣고, 더러는 품에 안고 있었는데 그 모습을 보자 섬은 이 콘도가 어떤 곳인지 짐작이 갔다.

두리번거리던 섬의 눈에 콘도 간판이 보였다.

'특수 동물화 캠프'

동물화된 아이들이 많이 모이는 곳은 맞는데 '특수'라는 이름을 의도적으로 빼버린 게 분명했다. 섬은 이 사실을 끝까지 숨긴 아빠를 노려보았다.

"내가 특수야?"

아빠는 짐짓 딴청을 피우며 먼 산을 보았지만 이제 와서 아니라고 발뺌하기도 늦었음을 알았다.

"있는 그대로 말했으면 왔겠어?"

"까마귀가 무슨 특수 동물이야?"

"보통 까마귀는 아닌데 잣까마귀는 다르대. 귀하디귀한 새라잖아. 널 함부로 맡길 데도 없고 여기에 오면 학교 출석 일수도 인정받으니까 좋지."

"난 변한 게 아니고 변하는 중이잖아."

아무리 누가 뭐라고 한들, 돈을 억만금 준다고 한들 부리만 변한 제 얼굴을 모르는 사람들 앞에 드러내고 싶지 않았다. 섬은 정말 원치 않았다. 다시 차로 돌아가려는 바로 그때, 명단을 든 직원 하나가 다가와 말했다.

"안녕하세요. 등록 도와드리겠습니다. 학생 이름이 어떻게 되죠?"

"아, 최섬입니다."

섬은 아빠를 흘깃 노려보았지만 아빠는 모른 척 명단에 시선을 고정한 채였다.

"아직 변화 중이라는 학생이군요. 최섬 학생은 다른 동물들과 달리 대기방으로 배정받아서 3층으로 바로 올라가시면 돼요."

"아뇨, 전 집으로 돌아갈 거예요."

이런 일이 자주 있기라도 한 듯 직원은 고개를 끄덕이며 아무렇지 않게 대응했다.

"어떻게 하시겠어요, 아버님?"

"아이랑 좀 더 얘기를 나눠보고……."

"안 한다고, 아빠! 여긴 그냥 동물화된 아이들이 모이는 곳이 아니잖아. 특수 동물이라고!"

"그럼 아버님, 환불 처리해 드릴까요?"

직원은 당사자인 섬을 빼고 줄곧 섬의 아빠만을 바라보았다. 아무리 섬이 미성년자이고 그의 보호자가 옆에 있다고 해도 당사자의 의견을 존중하지 않는 것은 기분 나빴다.

"환불? 아빠, 여기에 돈 냈어?"

난감해하는 아빠를 대신해 친절한 직원이 서류 하나를 내밀며 말했다.

"전화 상담 때 말씀드린 대로 입소 당일 단순 변심에 의한 청약 철회는 등록금의 10퍼센트만 돌려드리게 되어 있습니다. 계약 해제일로부터 일주일 안에 카드 취소가 되고, 입금하셨으면 3일 후 입금 처리가 됩니다. 그렇게 진행해 드릴까요?"

"뭐, 10퍼센트? 아빠 이거 알고 계약한 거야?"

"미안, 오늘이 입소일이라고 해서 급한 마음에 계약부터 하고 널 설득할 생각이었는데……. 싫다면 그냥 돌아가자."

섬은 화가 끓어올라 주체되지 않았다.

"그 계약서 읽어봐도 되죠?"

"네, 고객님."

섬은 계약서 뒷면의 약관을 눈으로 빠르게 훑었다. 직원 말대로 입소 당일 취소는 10퍼센트만 돌려받을 수 있다고 명시되어 있었다. 심지어 굵은 글씨체로 강조까지 되어 있었다. 하지만 자신은 아직 변화 중인 사람이 않나. 온몸의 5퍼센트도 안 되는 부리만 동물인데, 그럼 등록금의 5퍼센트만 받는다고 하든가. 별의별 생각으로 머릿속이 복잡했다.

그러나 갈 때는 가더라도 묻고 싶은 게 생각났다. 여기 이렇게 모인 다른 아이들은 대기방이 아니면 어디로 가게 되는지, 완전히 동물화된 아이들은 어떤 곳으로 보내지는지 궁금했다.

"만약 제가 다 변하면요. 그때는 어디로 배정받는데요?"

"새는 횃대가 있는 방으로 배정될 거예요. 고급 고무나무로 제작된 횃대는 견고해서 앉아 있을 때 안정적인 느낌을 줍니다. 옥상 비행장 바로 아래라 매일 비행 연습을 할 수 있고, 365일 깃털 관리사가 최고급 기름으로 깃털을 관리해 줄 거예요."

"깃털 관리를 왜 사람이 해요? 동물은 본능적으로 제 깃털 관리를 다 하잖아요."

"아뇨. 그건 야생에서 살아온 새나 가능하고, 사람이었다가 동물화된 새들은 그 방법을 모를 수밖에 없죠. 사람인 부모님도 동물의 특수성을 이해하지 못하고, 동물화된 여러분은 동물로 살아갈 준비가 안 되어 있어요. 사냥하는 법부터 목욕하는 법까지 전문가의 도움이 필요합니다. 그래서 저희 특수 동물화 캠프가 개별 종에 맞춘 프로그램을 제공하는 겁니다."

모든 질문에 이렇게 사무적이고 딱딱한 대답이 준비되어 있을 듯했다. 아빠는 상의 없이 데리고 온 게 미안했는지 섬의 어깨를 두드리며 말했다.

"아빠가 생각이 짧았다. 너한테 먼저 물어보고 왔어야 했는데……. 그냥 돌아가자."

그러나 섬이 주저하는 이유는 비단 돈 때문만은 아니었다. 자신처럼 거세게 항의하고 있는 아이들의 목소리가 들려서였다. 여기 있는 그 누구도 울고 소리치는 이 아이들의 목소리를 듣지 못하고 있다는 사실이 발목을 잡았다. 함께 온 가족들은 동물화된 아이의 말을 들을 수도 대변할 수도 없었다.

섬의 바로 옆에서 가장 큰 목소리로 절규하고 있는 여자아이의 목소리가 들렸다.

"아빠! 난 싫다고!"

목소리의 주인은 2미터가 넘는 노란 볼파이톤이었다. 아빠의 목과 어깨에 감겨 있는 볼파이톤 여자아이의 흐느낌이 들렸다. 볼파이톤의 아빠는 지금 딸이 울고 있다는 사실조차 눈치채지 못하고 있었다.

생전 남의 일에 나서지 않고 조용히 지내왔지만 이상하게도 그 '남의 일'이 제 일처럼 느껴졌다. 누군들 입만 새가 되고 싶었을까. 누군들 뱀으로 변하고 싶었을까. 자신과 상관없는 일이면 그대로 놔두면 될 일인데. 섬의 가슴 속에 뜨거운 분노가 치밀어 올랐다.

"잠깐만요."

볼파이톤을 옮기려던 아저씨가 섬을 돌아보았다.

"볼파이톤, 너 울지만 말고 어떻게 하면 좋을지 말해."

"네가 뭔데 남의 일에 끼어들어?"

"여기 어른들 중에 네 목소리를 들을 수 있는 사람은 없어. 네 말을 들은 애들 중에 네 이야기를 전해줄 수 있는 사람도 없고. 하고 싶은 말 있으면 지금 말해."

"괜히 잘난 척하지 말고 꺼져!"

"아저씨, 이 볼파이톤이 혼자 갈 수 있다고 바닥에 내려놔 달라네요."

"야! 네가 뭔데 참견인데! 내가 언제 내려놔 달라고 했냐고!"

무거운 볼파이톤을 내려놓으며 아이의 아빠는 그제야 살 것 같다는 표정을 지었다.

"얘가 겨울 동안 살이 많이 쪄서……."

"아빠아아아아아!"

귀청이 떨어질 듯한 고함 소리는 섬만이 듣고 있었다. 볼파이톤은 미끄러지듯 다가와 갈라진 혀를 슉슉거리며 잡아먹을 것처럼 말했다.

"내가 너 새로 다 변할 때까지 지켜볼 거야. 다 변하기만 해봐. 아주 한입에 꿀꺽 잡아먹어 버릴 테니까."

섬은 못 들은 척 제 가방을 짊어지고 아빠를 돌아보며 말했다.

"나 여기 남을 거니까 그냥 가요."

"갑자기 왜?"

"엄마는 모르죠?"

"뭐, 뭘?"

"아빠 그 돈 날리면 엄마한테 쫓겨나잖아."

"야, 너 아빠를 뭘로 보고. 이거 아빠 비상금으로 한 거야."

"그러니까. 그 비상금이 있었는데 날렸다는 걸 들키면 쫓겨날 거라고."

"너만 입 다물면 엄마가 알 리가 없지."

"계속 모르길 바란다면 이 돈 환불받고 나랑 반땡해요."

짐을 들고 주위를 둘러보는 섬의 표정에 비장함이 얼비쳤다. 그 순간 섬의 머릿속을 가득 메운 것은 단 하나의 문장이었다.

'만약 참가자가 문제를 일으켰을 경우 캠프 측에서 먼저 퇴소를 요청할 수 있고, 그 경우 등록금은 전액 환불된다.'

섬은 비장한 표정으로 마음을 굳혔다.

'그래, 그 돈 안 토해내고 배기는지 보자. 어떻게든 나를 퇴소시키도록 만들어줄 테니까.'

이런 섬의 결심에 기름을 들이붓고 불을 붙여준 것은 성질 고약한 볼파이톤이었다.

"야! 거기 주둥이만 새로 변한 너! 너 거기 서! 내가 뼈도 못 추리게 만들어줄 거야."

볼파이톤은 정말 잡아먹을 듯이 노려보며 악담을 퍼부었고 섬은 못 들은 척 무시했다. 옆에서 이 모든 일련의 사태를 지켜보던 레서판다가 풉, 웃음을 흘리며 혼잣말했다.

"성질 고약한 볼파이톤에 부리만 새로 변한 애라니. 재미있는 애들이 들어왔네."

"야! 너 오렌지색 쥐새끼 같은 놈!"

볼파이톤의 분노가 이번에는 레서판다에게 튀었다.

"누구? 나?"

"그래 너! 남의 일에 재미있다는 둥 계속 헛소리 지껄이면 쥐도 새도 모르게 없애버리는 수가 있어."

"난 쥐가 아니고 레서판다인데. 네가 먹을 쥐들은 냉동실에 있을 테니까 해동해서 잘 먹어."

"어디서 굴러먹던 개뼈다귀가 누구한테 뭐래!"

"이름만 비단뱀이지 입에는 걸레를 무셨어."

"상관 말고 꺼져!"

"내가 충고 하나 하자면, 저 부리만 변한 애한테 밉보이지 않는 게 좋을 거야."

"미쳤어? 내가 저 또라이 같은 애한테 왜 잘 보여야 해?"

"모르겠냐? 여기서 억울한 일을 당해도 우리 사정을 대변해 줄 수 있는 사람은 쟤밖에 없어. 우리가 기댈 곳은 저 귀한 부리밖에 없다고."

"널리고 널린 게 앵무새고 원숭이야. 사람 말 통역하는 앱도 있다잖아."

"둘러봐. 이 특수 동물화 캠프에 그 흔한 앵무새랑 원숭이가 한 마리라도 있는지. 우리가 이 몸으로 휴대폰을 쓸 수 있는지."

주위를 둘러보던 볼파이톤은 레서판다의 말이 사실임을 알아차렸다. 특수 동물인 자신이 맞닥뜨리게 될 현실을 인지한 순간 볼파이톤의 몸에는 소름이, 아니 비늘이 돋았다.

'3LSS-1'

배정받은 방문 앞에 선 섬은 이 이상한 번호가 제 방이 맞는지 다시 한번 확인했다. 옆방은 '3ADSS-2'라고 되어 있고 그 옆방은 '3JDSS-3'라고 적혀 있었다. 무엇을 구분하는지 모르겠지만 당최 알아먹기 힘든 방 번호 때문에 자기 방 찾아가기도 어려울 지경이었다.

방문을 열고 들어가니 일반 호텔처럼 침대 하나에 화장실 하나가 딸린 전형적인 숙소였다. 아마 오래된 리조트를 개조해서 만든 건물인 듯했다. 그래도 방은 꽤 아늑하고 깨끗했다.

섬이 짐을 내려놓고 창밖을 보고 있는데 방문이 열리고 조그만 레서판다 한 마리가 방 안으로 들어왔다. 섬은 함부로 들어온 불청객을 노려보며 말했다.

"뭐야, 넌?"

"난 네 옆의 옆에 방 3ADPS-1에 있는 레서판다야. 이름은 이정훈."

공교롭게도 친구 정훈과 같은 이름이었다. 속으로 내 주위에는 오지랖 넓은 정훈만 꼬이는군, 하고 섬은 생각했다.

"인사하려고 왔어. 여기서 아직 너만 유일한 사람이라."

"됐어. 난 곧 나갈 거니까."

"너 환불 규정 때문에 들어온 거잖아. 캠프 측이 널 내쫓게 만들어서 돌아가려고. 그럼 누군가의 도움이 필요하지 않겠어?"

그 말에 섬은 레서판다 정훈을 돌아봤다. 이름만 똑같지 머리가 영악하게 잘 돌아가는 건 친구 정훈과는 사뭇 다른 놈이었다.

"그래서?"

"내 도움이 필요할 거라고. 난 네 도움이 필요하고."

"네가 뭘 도와줄 수 있지?"

"네가 무사히 환불받아서 돌아가는 거. 아니면 빨리 새가 되어서 지긋지긋한 로딩을 끝내는 거."

처음 제안은 시큰둥했지만 두 번째 이야기에는 구미가 당겼다.

"빨리 새가 되는 방법을 알아?"

"촉진 주사라고 못 들어봤어? 간혹 동물화에 시간이 걸리는 애들이 빨리 동물화되려고 주사를 맞는데, 그게 부작용이 심하다는 얘기."

"전혀."

그 말에 레서판다는 가벼운 한숨을 내쉬며 말했다.

"여기 그 주사 전문이야. 그거 맞으면 동물화 진행은 빨라지긴 하지만……."

"부작용은?"

"대신 사람으로 돌아오는 데 시간이 오래 걸려. 주사 맞고 2년째 사람이 안 된 애도 있고. 쉬쉬하지만 공공연하게 알려진 비밀이야. 차라리 초창기에 변한 곰이나 하이에나 같은 애들처럼 생으로 견디고 부딪쳤던 애들이 오히려 더 빨리 사람으로 돌아오고 이후에도 안정적이었어. 동물화를 그냥 끝내려고 달려들었던 애들의 결과는 처참했지."

다음 이야기를 듣지 않아도 어떤 전개일지 상상이 갔다.

"여기 있으면 내가 그 주사를 맞는다?"

"물론 옵션이지만 겁나 비싸지. 캠프는 네가 그 비싼 주사를 맞길 바랄 거야."

섬은 빠드득빠드득 이가 갈렸다. 아빠는 캠프 약관을 도대체 어디까지 읽은 건지, 그걸 알고 사인을 한 건지 짜증이 치밀어 올랐다.

"주사를 맞지 않고 빨리 새가 되는 방법이 있어?"

"내가 알려주려는 게 그거야. 대신 아까 말한 대로 너도 날 도와줘."

"내가 어떻게 하면 되는데?"

"네가 산에 올라갈 때 나도 데리고 가줘. 야외 활동으로 등산할 거라고 캠프 측에 말하면 돼."

"그런 건 너도 부모님을 통해 전할 수 있잖아."

그 대목에서 레서판다의 뺨이 붉어졌다.

"밖을 나가려면 인솔자가 있어야 하고 그 동행은 열여섯 살 이상 이어야 해. 동물화된 사람 중에 열여섯 살 이상이 귀하니까."

"그럼 넌?"

"나, 나는 열네 살……."

"야!"

"미안."

"미안? 말 똑바로 안 해?"

"죄송합니다, 형."

섬은 끓어오르는 화를 삭이며 물었다.

"내가 왜 너랑 산에 올라야 하는데?"

"하루 한 시간 이상 해발고도 1200미터 이상에 올라 삼림욕을 하면 동물화됐던 아이가 빨리 사람으로 돌아온다는 학계의 보고가 있었대요. 그 반대의 경우도 마찬가지고요. 산에서 생활하던 새나 산짐승이 빨리 사람이 되는 걸 역추적해서 그런 사실을 알아냈대요. 그래서 이 캠프가 설악산 아래에 있게 된 거고요. 동물화, 인간화 모두에 적용되는 거래요."

"날 따라 올라가면 너도 빨리 사람이 될 수 있다는 거네?"

"네."

"그래서 나더러 널 달고 설악산에 올라가라?"

"형, 잠수해 보셨어요? 바다 잠수는 위험해서 꼭 버디를 붙이거든요. 산에 올라가는 것도 바다에 들어가는 것만큼 위험 요소가 많으니까 꼭 버디를 붙여서 보내요. 그것도 통제가 잘되는 동물들만."

"야, 리틀정훈! 너 오늘은 처음이니 그냥 넘어가는데 다음에 잔머리 굴리면 그때는 국물도 없어."

"……네, 형."

만약 동물화와 사람화를 한 방에 해결할 수 있다면 등산은 솔깃한 제안이었다. 평범한 동물이나 산짐승이 된다면 굳이 이 캠프에 비싼 돈을 주고 있을 필요가 없겠지만, 희귀한 동물이라면 말이 다르다. 그들로선 불편한 몸을 어떻게든 빨리 사람으로 돌리고 싶을 테니까.

섬은 레서판다 정훈과 공조하기로 마음을 굳혔다.

"참, 그리고 하나만 더! 내 이상한 방 번호, 저거 무슨 뜻인지 알아?"

"아. 3LSS-1이요?"

"3은 3층인 건 알겠는데 다른 이니셜 조합은 뭐야?"

"이건 그냥 제가 기억하기 쉽게 만들어본 건데, 형 방의 3LSS-1은 3층, 로딩 중인, 새, 새끼, 1번이에요."

섬이 노려보자 레서판다는 당황한 듯 말을 이었다.

"혀, 형이 새끼라는 게 아니라 다른 방도 그래요. 옆방 3ADSS-1
은 3층, 안, 댄저러스한, 새, 새끼 1이고, 그 옆방 3JDSS-1은 3층,
존나, 댄저러스한, 새, 새끼, 1이에요. 그래서 제 방은 3ADPS-1."

"그럼 네 방은 3층, 안, 댄저러스한, 판다, 새끼 1이냐?"

"네……."

섬이 화를 삭이는 걸 본 레서판다가 조심스레 입을 열었다.

"제가 그냥 멋대로 지어본 조합이에요. 신경 쓰지 마세요."

"아니, 왠지 네 말이 맞는 것 같아서 짜증이 나는 거야."

짐 정리가 끝나자 안전 요원들이 찾아와 아이들을 다음 일
정으로 안내했다.

특수 동물이 된 다른 아이들은 정해진 프로그램대로 교육
을 받았다. 운동을 할 수 없는 아이들은 산소방이라는 곳에 들
어가서 잠수부들처럼 산소 농도를 올리는 치료를 받았다. 독
사는 자기 비늘을 관리하는 법과 독을 발사하지 않는 법 등을
배웠는데 생존을 위한 사냥법은 따로 배우지 않았다.

식당에 가면 삼시 세끼 잘 차려진 뷔페식이 있었고 급식이
힘들면 몸 상태에 맞춘 개인 식단이 방으로 배달되었다. 동물
로서 가장 중요한 사냥과 채집이 없는 동물화는 단팥 빠진 찐
빵보다 더 맥 빠지는 조합이었다. 대신 캠프에서는 가족들에
게 보낼 사진이나 동영상을 찍는 데 더 많은 시간을 할애하는

것처럼 보였다.

식사 시간이 되자 안, 위험한, 레서판다가 섬을 찾아왔다.

"형, 밥 먹으러 가요."

"안 가."

"왜요?"

"산에 가보려고."

"야외 활동 시간 아닌데요? 그 시간에 가야 상점 스티커 받을 수 있어요."

"난 '참 잘했어요' 스티커 딸 생각 없으니 너나 많이 따."

섬은 후드를 뒤집어쓰고 숙소를 나섰다. 잠을 잘 곳만 있다면 다른 것들은 상관없었다. 마음 같아서는 대청봉 꼭대기에 텐트 하나 치고 24시간 상주하며 빨리 동물이 되었다가 빨리 사람으로 돌아오고 싶었다. 하지만 그럴 수 없는 대단히 중요하고도 하찮은 이유가 있었는데, 다름 아닌 휴대전화를 충전할 콘센트가 없기 때문이었다. 누가 들으면 휴대전화가 대수겠냐 하겠지만 섬에게는 결코 포기할 수 없는 토끼의 간과도 같은 중요한 물건이었다.

섬은 발걸음이 닿는 대로 산에 올랐다. 등산로가 잘 정비되어 있어서 길 잃을 염려도 없고, 오가는 등산객들이 많아 외롭거나 무섭지도 않았다. 마스크를 쓰고 있어 얼굴을 보고 놀라는 사람도 없고 말을 시키는 사람도 없었다.

그러나 생각보다 더 빠른 속도로 해가 지고 있었고 산을 오르는 것도 힘에 부쳤다. 다리는 후덜덜 떨려오는 데다 숨은 턱 끝까지 차올라 한 발짝도 더 갈 수 없을 지경이었다. 산에서 내려오는 사람들이 가방도 없이 올라가는 섬을 만류했다. 그렇지 않아도 내려갈 생각이었다. 두 시간도 안 돼 숙소로 돌아온 섬을 보고 레서판다 정훈이 배시시 웃으며 말했다.

"형, 왜 이렇게 빨리 돌아왔어요?"

"어, 휴대폰 배터리가 다 돼서."

"근데 생각보다 해가 빨리 지죠?"

"……."

"야간 산행은 웬만한 베테랑 아니면 위험하대요."

섬이 아무렇지 않은 척 돌아서는데 레서판다가 등 뒤에서 말했다.

"헬스장은 지하 1층에 있어요. 운동하고 싶으면 거기로 가면 돼요."

요망한 레서판다 같으니!

녀석은 섬의 생각 골목골목마다 진을 치고 앉아 생각을 훤히 내다보고 있는 듯했다.

다음 날, 섬은 끙끙 앓는 소리를 내며 겨우 자리에서 일어났다. 고작 두 시간 산행을 다녀왔는데 비실비실한 약골임을 스스로 증명한 것 같아 창피했다. 산행 대신 산소방을 들어가는 마음을 이해할 수 있었다. 몸이 피곤한 대신 돈을 지불하는 쪽이 훨씬 편한 일이다.

섬은 미리 받은 책을 챙겨 첫 번째 특수 조류 수업에 참석했다. 교실 문을 열고 들어서자 횃대에 앉아 있는 수많은 새가 일제히 섬을 돌아봤다. 지지배배, 짹짹, 까악까악. 여러 소리가 섞여 있었지만 하나같이 섬을 보고 수군거리는 목소리였다.

"쟤네, 부리만 새로 변한 애."

"다 변하지도 않았는데 여기 올 필요가 있나?"

"쟤는 우리같이 특별한 새가 아닌데 너무 급이 떨어지지 않아?"

구관조와 두루미, 공작이 잣까마귀 섬을 폄하하는 말을 주고받고 있었다. 구관조가 정말 구관이 명관이고 공작새가 정말 귀족 공작인 줄 아나. 섬은 속으로 혀를 찼지만 내색하지 않고 자리를 찾았다.

교실 안에 섬을 위해 준비된 자리는 없었다. 조류과 선생님이 난처한 표정으로 말했다.

"아, 여긴 횃대만 있어서 앉을 곳이 없네요. 관리실에 의자를 가져다 달라고……."

"아닙니다. 서서 들을게요."

"괜찮겠어요?"

섬은 고개를 끄덕이며 구석진 자리로 가 벽에 기대 섰다.

따지고 보면 새들 모두 횃대를 잡고 서 있는 셈이니 혼자 서 있다고 억울할 일도 아니었다. 그때 누군가가 날개를 활짝 펴 며 말했다.

"선생님, 새로 들어온 학생은 반인반수도 아니고 입만 부리로 변했는데 동물화 수업을 들어도 되나요? 다 변했을 때 새가 아닐 수도 있잖아요. 저희야 상관없지만 수업을 다 들었는데 다른 동물이 되면 저 학생만 손해고요."

걱정해 주는 척 돌려 까는 대목에서 피식 웃음이 새어 나왔다. 누가 새 아니랄까 봐 텃세 부리기는. 섬은 어이가 없었지만 꾹 참고 대응하지 않았다. 통역 앱을 통해 이야기를 전해 들은 선생님이 말했다.

"글쎄, 몸 전체가 변하는 걸 봐야 확실하겠지만 부리만 보면 다른 동물은 아닙니다. 단지 가금류, 수조류, 육조류인지만 달라질 뿐이죠. 아, 맹금류일 수도 있고요."

"쟤는 잣까마귀라고 하던데 흔하디흔한 까마귀라면 특수 동물화 수업에 어울리지 않잖아요. 이 캠프가 돈만 낸다고 다 들어올 수 있는 캠프도 아니고, 좀 수준이 안 맞아서요."

그 말에 섬은 진심으로 반박하고 싶었다. 아니거든. 비싼 돈만 내면 다 받아주고 심지어 환불도 해주지 않아서 내가 여기 있는 거라고.

"여러분, 잣까마귀는 희귀조예요. 특히 눈잣나무 씨앗을 먹는다고 알려져 있는데 일반 씨앗과 다르게 날개가 없어서 혼자 퍼지지 못하죠. 잣까마귀가 이동시키거나 다른 곳에 저장해 자랄 수 있게 해주니까 눈잣나무 입장에서는 은인입니다. 그래서 잣까마귀란 이름을 붙여줘도 이상하지 않고요."

"아유, 그래도 까마귀는 꺼림칙해요. 시체 뜯어 먹게 생겼잖아요."

못생기기로 유명한 왕대머리수리의 말이었다.

"까마귀가 우리나라에서는 흉조지만 실제로는 굉장히 똑똑해요. 혀 밑에 한 번에 100개 정도 씨앗을 보관할 수 있는 주머니가 있거든요. 저장할 먹이를 나르려고 그 혀 밑 주머니가 가득 찰 때까지 부지런히 씨앗을 모아요. 먼 곳에 가서 씨앗을 숨겨두기도 하고 자기가 잘 가는 곳에 숨기기도 합니다. 솔씨 수만 개를 그렇게 보관하는데 겨우내 숨겨놓은 씨앗을 대부분 다 찾아내서 먹죠. 마치 머릿속에 GPS가 있는 것처럼 지형지물을 외워서 떠올리는 겁니다."

"아무 데나 열심히 파보다가 얻어걸리기도 하겠죠."

"숨겨둔 도토리나 씨앗을 못 찾는 건 다람쥐나 청설모고 잣까마귀는 그렇지 않아요. 머릿속에 수렵 지도를 가지고 찾아다니는 거예요. 여러분과 달리 잣까마귀는 설악산에 있는 게 더 유익해요."

조류과 선생님은 섬의 대변인이라도 된 듯 잣까마귀의 좋은 점을 설명했지만 곰곰이 생각하니 묘하게 선을 긋고 있다는 느낌을 지울 수 없었다. '여러분과 달리'라는 말을 힘주어 하는 순간 그런 기분이 들었다. 나쁘다고 이야기하지는 않았지만 '너와 다른 아이들은 다르다'라는 말을 시종일관 섬에게 관철하는 느낌이었다. 좀 의아했지만 워낙 귀하디귀한 아이들이니 대수롭지 않게 넘겼다.

시간이 지날수록 아이들은 섬을 중심으로 모이기 시작했다. 섬은 이곳에서 나이가 가장 많은 축에 속했다. 게다가 부당함을 실시간으로 호소할 수 있는 말의 힘을 가지고 있어서 선생님이나 직원이 함부로 대하지 못하는 존재였다. 그러니 동물화된 아이들이 섬의 주변으로 몰려드는 게 당연했다.

아이들은 섬을 '잣 형'이라고 줄여 불렀다. 어감이 썩 좋지는 않았지만 정훈처럼 '까'를 빼고 '마귀 형'이라고 부르지 않는 게 어딘가. 선생님은 섬이 특수 동물화 캠프의 구심점이 되어가는 걸 마뜩잖아하는 느낌이었다.

수업을 마치고 방으로 돌아가려는 섬을 조류과 선생님이 불러 세웠다.

"최섬 학생, 잠깐 얘기할 수 있어요?"

"네."

"야외 활동지에 레서판다와 대청봉 동행을 적었는데 특별한 이유가 있어요?"

"나가려면 2인 1조여야 하고 마침 옆에 레서판다가 있어서

같이 이름을 적었어요."

"다른 이유는 없고?"

"있죠. 해발 1200미터 이상 올라가면 더 빨리 동물화되거나 사람화된다던데요. 산소방 들어가는 돈 아끼려고요."

"그 이유가 다예요?"

"제가 몰라서 그러는데 다른 이유가 있어야 하나요?"

밉보일 것을 각오한 질문이었다.

"아이들을 산에 데리고 갈 수 있도록 짝지어 주던데 그러지 마세요. 특수 동물화 아이들에게는 캠프 안이 훨씬 더 안전합니다. 고도가 높아지면 빨리 사람화되기 때문에 저희도 어쩔 수 없이 산으로 보내지만, 산은 어린아이들에게 너무 위험해요. 그 아이들과 달리……."

"선생님, 저도 잘 압니다. 저는 개들과 달리 말을 하니까요. 그러니까 선생님들이 같이 가시면 되잖아요. 아르바이트생을 써도 되고. 캠프에서 돈을 쓰면 되는 문제인데 16세 이상 조건을 붙이는 바람에 저는 돈 한 푼 못 받고 애들 인솔해서 올라가고 있는데요. 부당하다고 말해야 하는 건 제가 아닌가요?"

평소 말 못하기로 유명했는데 이렇게 청산유수처럼 말을 쏟아내는 자신이 스스로도 신기했다. 선생님은 묘한 표정을 짓더니 아무런 대꾸도 없이 자리를 떴다.

다음 날 아침. 산행 집합 시간에 맞춰 아이들이 삼삼오오 로비에 모여들었다. 그러나 버디가 되어야 할 레서판다가 보이지 않았다.

레서판다를 찾아 건물 이곳저곳을 뒤지던 섬은 조류과 선생님이 발버둥치는 레서판다를 우악스럽게 잡아 지하 1층으로 끌고 가는 것을 목격했다. 섬은 인솔자여서 2인 1조 짝이 없어도 산에 올라갈 수 있었지만 그 광경을 보고 그냥 지나칠 수는 없었다.

뒤를 밟은 섬은 선생님이 레서판다를 억지로 산소방에 넣는 것을 보았다. 꺼내달라고 아우성치는 레서판다의 절규가 들리지 않는다 해도, 온몸으로 저항하는 저 감정이 느껴지지 않을 리 없었다.

한 사람이 들어갈 수 있는 산소 치료기에 레서판다 정훈을 가둔 선생님은 한 시간 타이머를 맞춘 뒤 자리를 떠났다. 밖에서 열어주거나 타이머가 끝나지 않으면 나올 수 없는 구조라 레서판다는 꼼짝없이 갇혀 산소 테라피를 받아야 했다.

산에 가려는 아이를 강제로 잡아 와 산소방 장사를 하고 있다는 생각이 들었다. 주변에 아무도 없는 것을 확인한 뒤 섬은 갇혀 있던 레서판다를 꺼내주었다. 산소 치료기 안에서 내내 울부짖던 레서판다는 정작 밖으로 나온 후에는 아무 말도 하지 않았다.

"저 선생이 너한테 산소 치료 강매한 거야? 강제로 받으라고 널 가둔 거지, 그렇지?"

"……."

"부모님께 알려. 아니, 내가 알려줄게. 번호만 말해."

"소용없어요."

"그런 게 어딨어. 내가 다 봤으니까 너희 부모님께 말해줄게. 게다가 저 선생이 폭력적인 방법으로 널 집어넣었잖아."

"저 사람이…… 우리 아빠예요."

입이 부리로 변했을 때도, 소리치는 볼파이톤을 봤을 때도 놀라지 않았던 섬의 가슴이 덜컹 내려앉았다. 조류과 선생님과 레서판다가 부자지간이라니. 상상도 하지 못한 조합이었다.

"정말이야?"

"……."

"아니, 그래. 너희 아빠라 그랬다고 치고. 나 정말 이해가 안 되는데, 굳이 이 비싼 산소방에 집어넣지 말고 그냥 산에 보내면 되는 거잖아. 왜 그러는 거야?"

"더 빨리 사람이 되길 바라니까요."

"그래봤자 오십보백보 아닌가? 빨리 사람이 되면 뭐가 다른데? 아니, 다른 건 됐고, 산에 가고 싶다는 녀석이 왜 빨리 사람이 될 수 있다는 산소 치료를 거부하는 건데?"

"싫으니까……. 사람으로 돌아가기 싫으니까!"

섬은 그 대목이 당최 이해되지 않았다. 사람이 되고 싶지 않다고? 오히려 레서판다로 사는 게 좋다고?

"왜 사람이 되고 싶지 않아? 다른 애들은 어떻게든 다시 사람이 되려고 기를 쓰는데 넌 왜 돌아가기 싫어?"

"사람이었을 때 행복했냐고 물어봤어야죠. 만날 학교랑 집만 오가는 그 쳇바퀴 같은 일상이 좋았냐고 물어봤어야죠. 휴대폰 사용 시간도 잠겨 있고, 애들이랑 노는 것도 안 되고, 게임은커녕 영화 한 편 내 마음대로 볼 수 없어, 다 부모님이 짜준 스케줄대로 움직여야 해, 동물이면 불행하고 사람이면 다 행복해?"

이 아이는 이제 겨우 중학교 1학년일 뿐인데. 참담함이 밀려들었다. 제각각의 고민을 안고 살아간다지만 레서판다 정훈의 삶은 레서판다만큼이나 희귀한 삶이었다. 통제받고 관리받는 삶이 그 누군들 좋을까.

그러나 레서판다의 말에는 여전히 이해되지 않는 구석이 있었다.

"1200미터 이상 산에 올라가면 더 빨리 사람이 될 수 있다고 가르쳐준 건 너였어. 널 데리고 올라가 달라고 한 것도 너였고. 사람이 되고 싶지 않다면서 왜 그런 말을 한 거야?"

"형이랑 함께 산에 가겠다고 하면 적어도 저 지긋지긋한 산소통에는 들어가지 않게 되니까. 어차피 1200미터 끝까지 올라갈 생각은 없었어요."

"날 속인 거야?"

"형은 정상까지 가게 하고 난 중간에 멈춰서 기다릴 생각이었어요."

"왜 그렇게까지 하는데?"

"나는 레서판다로 변한 지금이 너무 좋아요. 오히려 숨 쉬고 사는 것 같아요."

상대방이 이렇게 갑자기 자신의 진심을 내보이면 누구든지 당황하게 된다. 섬은 레서판다 정훈의 말에 명치 끝을 맞은 듯 얼얼하게 아파왔다.

"그냥 형이 부러웠어요."

"내가 부럽긴 뭐가 부러워. 이도 저도 아닌 이 몸 상태가 부럽다니 제정신이야?"

"시간이 걸려도 형은 새가 될 테니까요. 새가 되면 어디든 자유롭게 날아갈 수 있잖아요. 새가 됐으면서 특수 조류니 하며 저 비싼 횃대에 앉아만 있는 애들이 미친 거죠. 사람으로 태어나 무려 하늘을 날 수 있는 기회를 얻었는데 종이나 따지고 등급이나 따지고 있는 바보들이에요."

"그럼 넌 뭐가 되고 싶은데."

빈 벽을 바라보던 정훈이 말했다.

"그냥 빨리 늙고 싶어요."

"뭐?"

"내가 늙으면 아빠는 더 늙을 테니까. 그러면 편해지려나."

그 말에 심장을 베인 듯 상처받은 쪽은 섬이었다.

섬은 평생 그 말을 잊을 수 없을 것 같았다. 정훈의 말은 열네 살에게서 들었던 말 중 가장 무겁고도 슬픈 말이었다. 애늙은이가 아니라 인생을 다 산 여든 노인이 한 것 같은 그 말을 그냥 둘 수는 없었다.

섬은 정훈의 이마에 딱밤을 놓으며 말했다.

"이 쥐방울만 한 놈이 못 하는 말이 없네! '빨리 늙고 싶어요'가 아니라 '잘 자라고 싶어요'겠지! '형이 부러워요'가 아니라 '형도 뚜껑 열고 보면 똑같겠죠'겠고. 좋은 번역기를 쓰란 말이야! 네 마음, 네 생각을 네가 잘 번역해야 잘 사는 거라고 그랬어."

"누가요?"

"몰라. 여기 오는 길에 잠깐 들른 휴게소에서 만난 이상하게 생겨먹은 오소리 같은 놈이. 자기 엄마가 그랬대."

정훈은 더 대꾸하지 않고 고개를 떨구었다.

설악산의 한 달은 쏜살같이 흘러갔다. 여전히 아침저녁으로 춥고, 해가 빨리 지고, 놀 것 없는 무료한 나날이지만 섬은 사람인 제 몸이 점점 건강해지고 있음을 느꼈다. 몇 시간씩 등산해도 숨이 가쁘지 않았다. 다리 힘도 튼튼해져 걷지 못하는 여러 동물을 업고 올라가는 것도 쉬워졌다.

그렇게 아침 산행을 끝내고 내려오니 오랜만에 건물 로비가 낯선 사람들로 북적였다. 한 달에 한 번씩 새로운 기수를 받는 특수 동물화 캠프의 7기가 입소하는 날이었다. 동물화에서 사람이 된 아이는 수시로 졸업하지만 새로 들어오는 아이는 프로그램에 따라 매월 초에 입소할 수 있었다.

특수 조류 수업 시간에 비어 있던 횃대가 새로운 얼굴들로

채워졌다. 이번 기수는 유독 지빠귀들이 많았는데 겨울새로 불리는 새라 여름에는 흔히 볼 수 없는, 기대를 저버리지 않는 귀하신 몸이라고 했다.

"지빠귀는 겨울새로 불리기도 합니다. 개똥지빠귀, 노랑지빠귀, 흰배지빠귀가 가장 흔하고 또 이들은 감이나 팥배나무 열매를 잘 먹습니다. 한겨울 흰 눈에 묻힌 산수유 열매는 이런 겨울새들을 위한 구호식품이에요."

"선생님, 저희가 그딴 걸 먹을 일이 있을까요?"

아이들은 자기들끼리 낄낄거리며 물었다.

"사람이면 그럴 일이 없겠죠. 하지만 여러분은 대청봉 꼭대기에 올라 매일 한 시간 이상 삼림욕을 하고 돌아와야 합니다. 그게 빠른 사람화의 기본 조건이에요. 그 과정에서 다른 새들처럼 열매를 먹는 건 당연하고요."

"산소방 가면 된다면서요. 돈만 내면 되는데 뭣 하러 힘들게 정상까지 올라요?"

섬은 선생님을 대신해 진심으로 한마디 해주고 싶었다.

'7기 새 싸가지.'

간간이 섞여 있는 박새나 아물쇠딱따구리는 지빠귀들의 기세에 눌려 찍소리도 못 내고 있었다. 그럼에도 선생님은 계속 수업을 이어나갔다.

"박새나 참새 같은 작은 친구들은 바닥에서 풀씨나 작은 씨앗을 먹고, 멧비둘기는 바닥에 떨어진 낙엽을 뒤져 먹이를 찾습니다. 직박구리나 아물쇠딱따구리는 나무 기둥을 쪼아서 수액을 먹기도 하고요."

"수액은 먹는 게 아니라 주사로 맞는 거 아닌가?"

애초에 수업을 들을 생각은 없고 훼방만 놓으려는 아이들이었다. 개중에 대장 격인 녀석은 개똥지빠귀였는데, 이 녀석은 수업 시간 내내 바닥에 똥오줌을 갈기고 다른 새를 부리로 쪼면서 수업을 방해했다. 그러나 이런 일이 한두 번이 아니라는 듯 조류과 선생님은 열을 올리지 않고 차분히 말했다.

"지금 흘려듣는 이 얘기가 새의 몸으로 어려움에 처했을 때 살아남을 수 있는 중요한 정보가 될 거예요."

그리고 바로 그 순간, 고무나무 횃대에서 졸던 직박구리가 우당탕 땅바닥으로 떨어지며 사람으로 돌아왔다.

"오, 직박구리 아웃!"

지빠귀 무리가 낄낄거리며 아이를 놀렸다.

그 아이를 필두로 같은 산소방 멤버였던 6기 새 동물화 아이들이 줄줄이 사람으로 돌아가 퇴소했다. 지지배배 시끄럽던 새 방이 점점 비어가면서, 특수 동물화 캠프의 새 중에 남은 것은 7기 지빠귀 무리와 여전히 부리만 변한 섬뿐이었다.

아이들 대부분은 산소 치료와 대청봉 삼림욕을 통해 빠르게 사람으로 돌아가고 있었다. 동물화되었다가 한 달도 안 돼 사람으로 돌아가는 아이도 있는데, 한 달이 넘도록 부리만 변해 있는 섬을 두고 아이들이 쑥덕거리기 시작했다. 캠프의 지박령이라는 둥, 캠프 사장이 홍보용으로 이용하고자 약물을 써 변하지 않게 하고 있다는 둥 별의별 소문이 떠돌았다.

한 달 주기로 아이들이 교체된다는 건 이 비싼 캠프에서 인간화의 주기가 한 달로 맞춰져 있음을 뜻했다. 그 주기를 거스르고 있는 사람은 오직 섬과 레서판다, 그리고 욕쟁이 볼파이톤뿐이었다.

다른 아이들과 비교하자 섬은 또다시 자신의 처지가 한심해졌다. 비교하지 않으려고 했지만 눈앞에 삐죽 솟아오른 부리를 볼 때면 절로 한숨이 새어 나왔다. 그러나 그 누구보다 열성적으로 섬의 완전 동물화를 응원하는 이가 있었으니 레서판다였다. 레서판다 정훈은 지금의 모습을 섬에게만 특별히 주어진 '과도기 안의 다른 과도기'라고 표현했다.

"사춘기에만 나타나는 동물화가 인생의 과도기라면 그 동물화 중 부리만 변한 마귀 형은 또 다른 과도기를 가지는 셈이니까. 터널 안의 터널인 거고, 2단 변신인 거잖아요."

옆에서 듣고 있던 볼파이톤이 혀를 날름거리며 레서판다의 말을 비꼬았다.

"2단 변신? 웃기시네. 무슨 트랜스포머냐?"

"뱀은 그냥 갈 길 가셔."

"어쭈, 레서판다가 뱀한테 개겨?"

"야, 나 전국구 싸움꾼 벌꿀오소리랑 SNS 맞팔 관계야."

말도 안 되는 허세로 싸우는 걸 보면 영락없는 열네 살 소년인데 가끔씩 세상만사 초월한 스님 같은 소리를 해대는 게 신기할 따름이었다.

"너 사람 안 되려고 정상까지 안 가는 거 선생님한테 이르면 어떻게 되는지 알지?"

"그러는 넌 계속 다이어트 약 먹고 있는 거, 나도 말해볼까?"

"무, 무슨 다이어트 약?"

"그 약 때문에 사람으로 안 돌아간다는 생각은 안 들어? 산소방에서 살다시피 하고 촉진 주사도 맞는데 왜 아직도 그대로인지 전혀 생각해 본 적 없지?"

씩씩대던 볼파이톤이 똬리를 풀고 레서판다를 공격하려 하자 섬이 둘 사이에 끼어들었다.

"그만들 해!"

"레서판다 너, 밤길 조심해라."

볼파이톤은 붉은 눈으로 노려보며 자리를 떴다. 별일 없이 잘 넘어간 것처럼 보였던 이 사건의 불똥은 엉뚱하게 섬에게로 튀었다.

한밤중에 악몽에 시달리던 섬은 어둠 속에서 눈을 떴다. 가슴을 옥죄는 답답함에 일어나려 했지만 포박된 듯 몸이 움직여지지 않았다. 어둠에 익숙해지자 달빛에 비친 방 안이 눈에 들어왔다. 그제야 섬은 제 몸을 칭칭 감고 있는 것이 볼파이톤임을 깨달았다.

"너…… 너 뭐야!"

"조용히 해!"

"이거 안 풀어?"

"소리 지르지 않겠다고 약속하면 풀 거야."

"미쳤어? 여기가 어디라고 들어와?"

"내 말부터 들어준다고 약속해. 그럼 풀어줄게."

"약속이 아니라 협박하는 거잖아."

그 말에 볼파이톤은 감았던 몸을 스르르 풀고 이불 옆으로 내려왔다. 옥죄였던 갈빗대가 부러진 게 아닐까 의심될 만큼 온몸이 아파왔다. 하지만 정작 자기 말을 들어달라는 당사자의 입이 열리지 않았다.

"뭐야, 네 말 들어달라며?"

"나 좀 도와줘……."

"뭘?"

"빨리 사람으로 돌아가게 네가 도와줘."

"눈이 있으면 봐봐. 난 아직 동물화도 안 된 사람이야. 내 코가 석 자인데 어떻게 널 도와."

"주사도 맞고 산소방도 열심히 이용하는데 왜 사람이 안 되는지 모르겠어."

"정말 다이어트 약 먹어?"

"……"

"먹고 있네. 약 끊으면 사람으로 돌아갈 걸 뭘 도와달라는 건데."

"말처럼 쉽지 않아. 그 약 없으면 금방 10킬로는 불 거라고."

"너 지금 사람 모습 아니잖아. 네가 살쪘는지 말랐는지 아무도 몰라. 그런 바보 같은 생각 집어치우고 약부터 끊어."

"약 말고 다른 방법…… 없을까?"

한숨이 절로 나왔다. 이 아이는 왜 이렇게 자기 외모에 집착하는 건지 이해가 되지 않았다.

"그런 말은 여기 상주하는 상담 선생님들이랑 얘기해야지. 날 찾아오면 어떡하냐."

"네가 해줘."

"뭘 해?"

"네가 날 데리고 대청봉에 올라가 주면 되잖아. 매일 산소방도 가고 대청봉에 가서 삼림욕도 하면 빨리 사람으로 돌아올 수도 있잖아. 다른 애들은 잘만 데리고 다니면서 난 왜 안 데려가? 나 거기 혼자서 못 가잖아."

섬은 정색하며 침대에서 벗어났다.

"다른 애들은 새라서 날거나 제 발로 걸을 수 있는 애들이야. 너처럼 내가 처음부터 끝까지 업고 가야 하는 애는 없다고. 그리고 나 허리 안 좋아. 너희 아빠가 너 살쪄서 무겁다고 하셨잖아. 괜히 업고 갔다가 무릎 나가고 허리 나가면 누가 책임지는데."

독설을 퍼부을 줄 알았던 볼파이톤이 흐느끼며 울었다. 왜 하필 이런 순간에 연약한 소녀로 돌아가는지. 섬은 죄책감을 떨쳐버리려 쐐기를 박듯 말했다.

"선생님들한테 부탁해. 그리고 부탁을 할 거면 이 밤에 이런 식은 아니지."

"나 다음 달에 연습생 계약 종료야……. 다시 사람으로 돌아가지 않으면 데뷔는커녕 연습생도 못 하게 돼."

"너 아이돌 연습생이었어? 그래서 다이어트 약을 몰래……."

섬은 그제야 이 아이가 왜 그리 몸무게에 집착했는지 이해됐다. 그러나 아이러니하게도 바로 그 집착 때문에 볼파이톤은 더더욱 사람으로 돌아갈 수 없었다.

"볼파이톤, 아니, 너 이름이 뭐야?"

"안 가르쳐줘. 나중에 가수 되면 인터넷에 내 흑역사 쓸 거잖아."

"슈퍼스타 납셨네. 그러면 뱀순이라고 부른다?"

섬은 크게 심호흡하고는 볼파이톤을 번쩍 안아 올렸다.

"내려놔!"

"들어봐야 업고 갈지 끌고 갈지 알 거 아니야."

"내려놓으라고!"

섬은 어려서부터 유독 뱀 같은 파충류를 무서워했다. 초등학교 때 동물원에 가서 체험학습을 하다가, 볼파이톤을 목에 걸고 사진 찍던 도중에 기절했던 기억이 아직도 생생했다.

이 볼파이톤을 들어 올리는 일에도 보이지 않는 큰 용기가 필요했다. 그러나 자신의 우려와 달리 차갑고 축축한 뱀의 피부를 만져도 아무렇지 않았다. 더 이상한 건 안아 올린 이 아이가 그렇게 무겁지 않다는 사실이었다.

"너 몇 킬로야?"

"그런 거 물어보면 실례야."

"남의 방에 몰래 들어와서 몸을 조르는 건 실례 아닌가?"

"……."

"한 40킬로는 나가냐?"

"……넘어."

"내 가방이 2킬로 정도 나가는데 너 그것보다도 가벼워. 깃털 같은데?"

"칫."

의도하지 않았지만 이 비교가 볼파이톤을 기분 좋게 만든 것 같았다. 안겨 있던 팔에서 스르르 미끄러져 침대로 내려간 볼파이톤의 새초롬한 표정을 보니 그랬다.

"내일 토요일이니까 새벽에 올라가자. 산 정상에서 일출 보면서 삼림욕 하는 게 제일 도움이 된다니까 내일 새벽에 데리고 갈게."

"약속 지켜."

어렵게 다시 잠이 든 그 밤. 섬은 또 한 번 악몽을 꾸었다. 이번에는 풀숲에서 고사리손이 튀어나와 섬의 뺨을 인정사정 없이 후려갈기는 꿈이었다. 섬의 머리카락을 쥐어뜯으며 뭐라고 외치는데 소리가 들리지 않았다. 참다못한 고사리손의 주인이 씩씩거리며 섬의 손을 깨문 순간 섬은 비명을 지르며 깨어났다.

"아악!"

주변을 둘러보니 여전히 칠흑같이 어두운 밤이었다. 그 속에서 형형한 두 개의 눈동자가 빛을 발했다.

"마귀 형! 도대체 잠을 얼마나 깊이 자면 옆에서 소리를 지르는데도 못 일어나?"

"이번엔 너냐? 제발 잠 좀 자자! 세트로 돌아가면서 사람 피 말리기로 작정한 것도 아니고."

"귀에 대고 소리쳐도 꼼짝을 안 해서."

손을 내려다보니 앙증맞게 물린 이빨 자국에 피가 맺혀 있었다. 섬은 기가 차서 말이 나오지 않았다.

"이거 네가 그런 거야?"

"하도 안 일어나니까 죽었는지 깨물어 본 거예요."

"둘이 번호표 뽑고 돌아가며 괴롭히기로 작정했냐고."

"사람들이 정상 주변에 몰리기 전에 일찍 올라가야 해요. 일찍 올라가야 대청봉 명당에 자리 잡고 앉아요. 한 달 동안 산에 머물렀던 까치가 바로 사람으로 돌아왔다는 얘기도 있거든요."

"꼭, 굳이, 지금? 넌 정상까지 가지도 않잖아. 나 오늘은 업고 가야 할 다른 친구가 있어."

"나만 빼고 독사랑 올라가려고?"

"그건 또 어떻게 알았어? 아니, 됐고. 나 한꺼번에 둘은 못 들어."

"그럼 걔 빼고 가요. 오늘은 꼭 나랑 가야 해요."

"같이 간다고 약속했어."

"지가 다이어트 약 끊으면 한 방에 사람으로 돌아가는데 누굴 고생시키고 있어. 사람을 잣같이 보네."

"너 그 말 꼭 욕 같다. 오늘만 날이 아니니까 내일 가자."

"아니에요, 마귀 형. 꼭 오늘 해를 볼 거예요."

"정훈아, 내가 비밀 하나 알려줄까?"

레서판다는 고개를 갸우뚱하고 귀를 쫑긋 세웠다.

"사실 오늘 뜨는 해는 어제도 떴던 해야. 별거 없어."

레서판다는 뭐 이런 형이 다 있나 뜨악한 얼굴이었다. 섬은 레서판다의 목덜미를 벅벅 긁어주고 화장실로 향했다.

섬이 세수만 하고 비몽사몽인 얼굴로 레서판다를 업고 나오자 문 앞에 똬리를 튼 볼파이톤이 떡하니 앉아 있었다. 마치 자기를 두고 갈 걸 알고 있다는 듯 새초롬한 표정으로 섬과 정훈을 노려보았다.

졸지에 아이들의 보호자가 된 섬은 큰 배낭에 볼파이톤을 태우고, 레서판다는 품에 안고서 산에 올랐다. 오색약수터 근처부터 새벽 3시 30분이라는 시간이 믿기지 않을 만큼 수많은 사람이 줄지어 산을 향하고 있었다. 섬은 머리에 랜턴을 달고 새벽 찬바람에 온도를 유지해 줄 바람막이를 걸친 뒤에 등산로로 들어갔다.

보기만 귀엽지 5킬로그램에 육박하는 레서판다에 그에 못지 않은 볼파이톤까지 가방에 넣고 산을 오르자 땀이 비 오듯 쏟아졌다. 중간중간 바위에 걸터앉아 물을 마시고 레서판다정훈이 쪼개서 내미는 오이를 받아먹으며 세 시간쯤 올랐을까. 저 멀리 대청봉이 보였다.

정상에 모인 사람들의 랜턴이 여기저기 밝은 불을 내고 있었지만 저 먼 수평선 너머에서 그보다 더 밝은 여명이 다가오고 있었다.

사람들이 하나둘 랜턴을 끄고 어둠을 응시했다. 섬은 떨고 있는 레서판다와 볼파이톤을 바람막이로 감싸안고 바위 가장 자리에 걸터앉아 떠오르는 태양을 봤다.

'어제도 떴던 해'라고 말했으나 막상 붉게 떠오르는 태양을 보니 벅찬 감동이 밀려왔다. 태양이 어둠을 깨고 세상을 물들이며 모든 만물을 눈뜨게 하는 광경 앞에 많은 생각이 마음을 스쳐 갔다. 레서판다 정훈에게 좋은 번역기를 써야 한다고 했지만 섬 자신도 지금 이 순간의 감정을 온전히 번역해 낼 수 없었다. 어둠을 뚫고 힘든 새벽 산행을 하는 사람들이 비로소 이해되는 듯했다.

어쩐 일인지 안고 있는 레서판다가 점점 무거워지기 시작했다. 섬이 이리저리 몸을 뒤척이자 레서판다가 바람막이를 벗으며 말했다.

"형, 나 내려놔 줘요."

레서판다를 들어 올리던 섬은 자신도 모르게 끄응, 소리를 냈다.

"너 어제저녁에 돌멩이를 먹었냐. 왜 이렇게 무거워?"

섬이 레서판다를 바위 옆에 내려놓자 어둑서니의 모양이 변하기 시작했다. 털이 사라지고 덩치가 점점 커지더니 사람의 모습으로 되돌아가기 시작한 것이다.

순식간에 사람이 된 레서판다는 원래 사람이었던 정훈의 모습으로 돌아왔다. 키는 섬보다 작지만 생각했던 대로 모범생 같은 얼굴에 아직 어린 소년티가 그대로 남아 있었다.

"야, 너 사람으로 변했어."

"역시 소문대로 대청봉 일출의 힘이 크네요."

"뭐야. 이럴 거 알고 있었어?"

"어젯밤에 좀 느낌이 왔어요. 몸이 다시 무거워지는 느낌이 들더라고요. 사료도 안 넘어가고."

"그럼 더 올라오지 말았어야지. 돌아오고 싶지 않다면서."

정훈은 대답 대신 고개를 돌려 다른 곳을 봤다. 정훈의 시선이 가리키는 곳에 조류과 선생님이 있었다. 눈이 마주치자 황급히 고개를 돌리며 모른 척했지만 그들을 따라온 이유를 알 것 같았다.

"우리 아빠가 좀 극성이에요. 6학년 수학여행 때도 운전해서 따라왔을 만큼."

"아……."

"어렸을 때 내가 한번 크게 아팠거든요. 그 뒤부터 저래요. 정말 싫었는데 형이 말한 번역기를 아빠에게 써보니 뭐, 좀 알겠더라고요. 아들을 14년이나 키웠는데도 여전히 서툰 아빠구나. 할아버지에게 사랑의 방법을 배우지 못해서, 어찌할 바를 몰라서 그저 품 안에 두려고 하는구나."

"번역기 성능 좋네."

가방 안의 뱀순은 그 이야기를 듣고도 아무 말이 없었다. 가방을 다시 메려 했지만 아까보다 더 축 늘어져 힘들었다. 몸무게는 아무 변화가 없었지만 뱀순의 기분 때문에 더 무겁게 느껴지는 것 같았다.

어둑하던 사위가 밝아져 어느새 아침이 되었다. 북적이는 정상에는 부모를 따라온 동물화 아이들도 더러 보였다. 1708미터 대청봉 표지석 앞에서 사진을 찍는 사람들을 물끄러미 바라보며, 어쩌면 그 1708미터가 이곳에 올라오기까지 한 걸음 한 걸음을 묵묵히 견디는 시간을 의미하는 게 아닐까 하고 섬은 생각했다.

정훈이 아빠와 함께 산에서 내려가고, 섬은 뱀순과 따로 하산했다. 터벅터벅 내려오는 길에 가방 속에서 작은 목소리가 들려왔다.

"마귀, 나 내일도 올래."

"누구 마음대로."

"좀 도와줘. 대신 약 끊을게."

"무슨 범죄 영화 속 대사 같네. 그건 네 사정이고, 난 싫습니다."

"그럼 나도 말 안 해줄 거야."

영악한 뱀순이 입을 꾹 다물자 괜한 호기심이 일었다.

"또 뭐? 이번에는 뭐로 날 협박하려고."

"협박 아니고 축하야."

"응?"

"너 등에 깃털 돋고 있어."

레서판다 정훈이 다시 사람이 되고, 동물화가 멈췄던 섬이 변하기 시작한 건 역시 일출의 힘이었을까. 뱀순의 축하대로 섬은 등부터 다리까지 온몸이 깃털로 뒤덮이기 시작했다. 함께 일출을 본 뒤 섬의 동물화는 급속도로 빨라졌다.

섬은 곧 자신이 완전한 잣까마귀가 될 것임을 알았다. 오직 뱀순에게만 아무런 변화가 없었다. 말은 안 하고 있지만 조바심이 날 터였다.

섬이 완전한 잣까마귀가 된다는 건 뱀순의 입장에서 자신을 대청봉 정상까지 데려다줄 사람이 없어진다는 것을 의미했다. 그래서 섬은 더 열심히 뱀순을 둘러메고 산에 올랐다.

오색약수터에서 대청봉까지, 이제 설악산 일대에서 섬과 뱀순은 유명 인사였다. 설악산을 자주 오가는 사람 중에 볼파이톤을 목에 두른 채 새벽 산행을 하는 섬을 모르는 사람은 없었다.

등산객들은 인사를 건네고 먹을 것을 챙겨주었다. 날다람쥐처럼 오르는 섬을 보고 사람들은 감탄을 금치 못했다. 섬은 무거운 가방을 메고 가는 나이 드신 할아버지의 가방을 대신 짊어지기도 했다.

이제 섬은 동이 틀 무렵 뱀순을 스카프처럼 가볍게 목에 두르고 올랐다가 반대편 등산 코스에 위치한 신흥사 쪽에 가서 밥을 먹고 다시 대청봉을 오르는 두 번의 산행도 거뜬히 해냈다. 대청봉을 하루에 몇 번 오가는 것도 점점 이골이 나기 시작했다.

"너 점점 올라가는 시간이 단축되는 것 같다."

"길이 익숙하니까."

"아니, 네 다리 힘이 좋아지고 있어서 그런 거야. 난 네 목 조르는 것만 익숙해지고 있는데."

"네가 다리가 있었으면 잘 올라갈 수 있었겠지."

"뱀도 다리 있어. 사족이라고, 쓸데없는 걸 뜻하는 말이래."

"어쨌든 너도 이렇게 매일 매달려 있는 게 쉬운 일은 아니잖아."

"근데 마귀. 네가 완전히 새가 되면 난 어쩌지?"

섬은 대답 대신 해동시킨 쥐를 가방에서 꺼냈다. 오늘은 뱀순의 입맛이 좀 돌아올까 싶어 따로 챙긴 냉동 쥐였다.

"거의 다 해동된 것 같아. 먹어 봐."

"다이어트 중이라니까 왜 챙겼어?"

"다이어트 아니고 거식증이래. 뱀은 스트레스를 받거나 주변 환경이 변하면 쉽게 거식증이 오는 습성이 있대. 네 잘못이 아니야."

"나…… 안 징그러워?"

"뭐가? 내가 뱀이 되었다면 나도 냉동 쥐를 먹고 있었을 텐데. 앞으로 난 잣이나 씨앗을 먹게 될 거잖아. 다들 자기 습성대로 살아가는 거야."

볼파이톤의 붉은 눈알이 더 붉어 보이는 건 기분 탓일까. 아니면 녀석의 배고픔 탓일까.

"알았어. 고개 좀 돌려."

"괜찮아. 그냥 먹어."

"내가 싫어. 고개 돌려."

다 먹었나 싶어 슬쩍 돌아보니 쥐의 꼬리가 입으로 넘어가던 참이었다. 눈이 마주치자 뱀순이 화를 냈다.

"아, 미안. 다 먹은 줄 알고……."

"됐어. 나 이슬 좀 보고 올게."

섬과 뱀순 사이에서 '이슬'은 볼일을 뜻했다. 가방 안에 비닐을 깔아주고 그 안에서 해결하라 했는데도 한사코 거부한 뱀순이었다. 그런 뒤처리까지 시키는 건 창피해 죽을 일이라며 괜한 역정을 냈다.

뱀순이 수풀에 들어가 볼일을 보는 동안 잠시 숨을 돌리고 있을 때였다. 어디선가 다투는 소리가 들려왔다. 그런데 그 대화 내용이 좀 낯설었다.

"니가 남풍(남한의 자유화 바람)이 단단히 들어 남조선 사람들 꽁무니만 따라다니는 거 내 모를 줄 아니?"

"사람들이 던져주는 거 좀 먹었다고 남풍이 들다니 무슨 말도 안 되는 소리간?"

"지난번에 소시지 하나 주워 먹고 똥구멍이 헤지도록 밤새도록 오토바이 줄줄 싸지 않았니(고기를 오랜만에 먹고 설사하는 것을 비유한 말)? 설악산 전체를 위생실(화장실)로 만들어놓았디. 우리같이 못 먹던 사람이 갑자기 고기를 먹으면 설사 똥 신세를 면치 못한다고 몇 번을 말하네?"

"그까짓 소시지 하나 얻어먹었다고 큰일이 난 것처럼 굴간."

"니 아바이 어마이 당 간부 출신인 놀새족이니? 상집자식(놀새족과 상집자식 모두 평양에서 외제차를 몰고 다니며 돈을 물 쓰듯 쓰는 젊은이들을 뜻하는 말)이니?"

"여까지 와서 빈 달구지(실속 없이 요란한 사상 학습) 태우지 말라우. 누나가 그리 말하지 않아도 내 처지는 누구보다 내가 잘 아니까니."

"아무리 철부지하다 하지만 어찌 그리 생각이 없어. 니 그리 청제비(다 자란 젊은 거지)로 살다가 노제비(늙은 거지)로 죽으려고 기러니?"

"기래 봤자 누나랑 나랑 두 살 차이야. 누나는 그리 사상이 강력해서 박수보약(집회나 학습 때 박수를 많이 쳐야 신상에 좋다는 말)을 많이 받아먹었구나야."

"실없는 말 하지 말라기래."

"안 그래도 배가 고파 헛것이 보이지비. 남조선 소시지도 못 먹

게 하는데 눈앞에 정진3호(함경도 감자 이름으로, 못생긴 여자를 빗대는 말)
가 딱 보이는 거이."

"뭐이 어드래? 니 철선그물에 끼워서 새 구이를 당해봐야 정신
을 차리간?"

그 순간 섬과 새의 눈이 마주쳤다. 다행히 마스크를 쓰고
있어 부리를 들키지는 않았지만 새는 가까이에 사람이 있었다
는 사실에 흠칫 놀란 눈치였다.

"저 얼굴가리개 한 아새끼래 언제부터 저기 서 있었지?"

"혹시 우리 입다툼을 염탐해서 들었다 생각하는 기면 걱정도 팔
자구나야."

섬은 아무것도 모르는 척 귀에 끼고 있던 무선 이어폰을
빼내 주머니에 넣고 물을 마셨다. 그때 수풀 속에서 볼일을 마
친 뱀순이 돌아왔다.

"흠흠, 미리 말해두는데 작은 거였어."

"……."

"뭐야, 꿀 먹은 벙어리야?"

섬은 그만하라는 듯 고개를 살살 저었지만 뱀순은 못마땅
해서 절레절레 고개를 젓는다고 생각하고는 버럭 소리쳤다.

"너 계속 눈칫밥 주면 목을 콱 졸라버릴 거야."

이번에도 섬은 아무 말도 못 들은 척 뱀순을 둘러업고 발
걸음을 옮겼다.

숙소로 돌아오는 동안 섬은 단 한 번도 뒤를 돌아보지 않았다. 왠지 의심 많은 누나 새가 자신을 따라오는 것 같았다. 숙소에 들어와서도 놀란 가슴을 추스르느라 멍하니 선 채 아무것도 할 수 없었다.

생각을 가다듬고 나니 두 마리의 새는 그리도 간절히 찾았던 잣까마귀가 분명했다. 그리고 이들은 틀림없이 북한에서 내려온 동물화된 아이들일 것이다. 이 사실을 깨닫는 순간 소름이 돋았다.

이를 털어놓을 사람은 볼파이톤 뱀순과 사귀기 위해 자기도 볼파이톤이 되겠다고 선언한 친구 정훈밖에 없었다. 메신저로 자초지종을 알게 된 정훈도 놀란 반응이었다.

> 야, 이거 진짜 방송국에
> 제보해야 할 특종이다.

> 잘못 신고했다가 재들 잡혀갈지도
> 모르는데 어떻게 신고를 해.

> 근데 걔들은 네가 사람인 걸
> 전혀 눈치채지 못했다고?

뭐, 일단은 그냥 산에서 내려오긴 했는데
앞으로 또 마주치면 어쩌지?

어쩌긴 뭘 어째?
너도 조만간 잣까마귀가 될 거잖아.
안면 트고 인사하고 친하게 지내는 게 좋겠지.
아니다. 남북한 청소년이라니,
이거 사랑에라도 빠지면 큰일이다.
친해지면 안 되는 거네.

아, 내일부터 어떡하지?

피하는 게 상책이겠다.
북한 사람 잘못 접촉했다가
국정원 끌려가면 어떡하냐?

섬은 한숨을 푹 내쉬며 대화창에 폭탄 이모티콘을 투척했다. 정작 들키면 끌려갈 사람은 자신이 아닌 저 아이들이지 않나. 쟤들은 어떻게 남쪽까지 내려왔을까 궁금증도 생겼다.

잣까마귀 오누이를 피하고 싶은 마음은 굴뚝같지만 이번

주 내내 일출을 보기로 뱀순과 굳은 약속을 한 터였다. 매일 새벽 3시가 되면 문 앞에서 혓바닥을 슉슉거리는 소리가 들렸다. 잣까마귀 오누이를 피하려다 뱀순에게 목이 졸릴 판이었다. 그래, 설악산이 이렇게 넓은데, 잣까마귀 두 마리를 다시 만날 일이 있겠어.

섬은 뱀순을 목에 두르고 산에 올랐다. 해가 뜨기 전에 부지런히 올라가면 대청봉으로 가는 사람들과 동선이 겹치기 전에 산장에 도착할 수 있다.

걸으면 걸을수록 팔 안쪽 겨드랑이가 가려웠다. 벅벅 긁어보기도 하고 땀을 닦아보기도 했지만 가려운 느낌은 가시지 않고 오히려 심해졌다. 섬의 몸이 변하고 있다는 걸 아는 이는 뱀순뿐이었다. 섬은 뱀순을 내려놓고 작은 손수건으로 온몸의 땀을 닦았다. 그런데 왼쪽 팔의 감각이 이상했다.

팔 안쪽에 거칠거칠한 무언가가 만져졌다. 바람막이 재킷을 벗어 맨살을 확인한 섬은 까무러치게 놀랐다. 팔 안쪽으로 더 많은 새의 깃털이 돋아나서 팔의 모양까지 변하고 있었다. 너무나 갑작스러운 속도였다.

망연자실한 섬이 그 자리에 주저앉아 넋을 놓고 있는데 어디선가 아웅다웅 사람 목소리가 들렸다. 황급히 바람막이 재킷을 다시 입은 섬은 목소리의 주인공이 어제 봤던 오누이임을 알아챘다. 모자를 깊게 눌러쓴 섬은 아무 내색도 하지 않고 산을 올랐다.

섬이 자리를 떠나자 멀리서 지켜보던 새 한 마리가 날아와 섬이 앉았던 자리를 둘러보았다. 그리고 그 곁에 떨어진 깃털 하나를 발견했다. 자신의 날개에 있는 것과 똑같은 잣까마귀의 깃털이었다.

그리고 그날 밤, 섬의 오랜 바람대로 팔 전체가 완전한 잣까마귀의 날개로 변했다. 팔에서 시작된 변화는 여기서 멈추지 않고 다음 날에 다리로 옮겨갔다. 팔다리가 변한 뒤 몸통이 변했다. 제일 마지막으로 변한 것이 머리였다.

머리가 변하자 부리도 원래 머리에 맞는 크기로 줄어들고, 몸도 줄어들어 비로소 완전한 잣까마귀의 형체를 갖추었다.

까악까악.

입을 열었을 때 나오는 소리라곤 까마귀 울음소리뿐이었지만 기쁘기 그지없었다.

"나 드디어 잣까마귀가 됐다! 나 드디어 동물화됐다!"

섬의 목소리가 캠프 건물 전체에 쩌렁쩌렁 울렸다.

새들이 지지배배, 까악까악 축하했고 오랑우탄이 우우우우 소리쳤다. 낙타가 울부짖고 두루미가 큰 날개를 뻗어 홰치며 기뻐했다.

선생님들은 영문을 몰라 어리둥절해했지만 아이들은 알았다. 터널 입구에서 가장 오래 기다렸던 섬이 드디어 터널 안으로 입성했음을.

완전한 동물화 변신을 이토록 많은 동물에게 축하받는 청소년이 대한민국에 또 있으랴.

북조선
잣까마귀
남매

잣까마귀로 변한 것은 동생 길영보다 길애가 먼저였다.

새가 되기 전 길애와 길영 남매는 평성이라는 곳에서 꽃제비로 장마당을 떠돌았다.

평성에서는 유독 많은 아이가 동물화되었는데 다른 도시들에 비해 남풍이 세게 든 곳이기 때문이라는 설이 유력했다. 평성은 평양과도 가깝고 북한에서 가장 자본주의 문물이 발전한 곳이라 남한 물건이나 방송 등을 접하는 경우가 심심찮게 많았다.

그런 이유에서인지 북한 최초의 동물화가 나타난 곳도 바로 평성이었다. 주로 남한 문물을 몰래 접한 아이들이 동물화되어, 이를 두고 '남조선에서 올라온 전염병'이라는 소문이 장마당에 파다했다.

왜 동물인간이 되는지 그 이유가 명확하지 않던 시절에는 얼굴가리개를 씌우거나 장갑을 끼워 바이러스를 옮기지 않게 하려고 애썼다. 그러나 아이들의 동물화가 춘정기(사춘기)를 맞이하는 즈음에 시작돼 그 시기가 끝날 즈음까지 이뤄진다는 사실이 밝혀진 뒤 사람들은 비로소 동물인간을 받아들이고 우스갯소리를 하기 시작했다. "우리 집에 돼지 동물인간이 하나 있슴다"라든지, "우리 아들은 사람으로 돌아왔는데 사등이뼈(척추뼈)가 없는 줏대 없는 인간이 됐슴다"라든지.

남한에서는 기린이나 하이에나, 사자 같은 외래종으로도 변한다는데 북한에서는 닭이나 돼지, 개 같은 가축으로 변하는 일이 많았다. 남한처럼 덩치가 큰 외래종이 나오지 않는 이유는 미제를 싫어해서라기보다 먹는 게 부실해서라는 그럴듯한 이유가 떠돌았다.

아이가 닭이 되면 무정란을 얻을 수 있어 일부 부모들 사이에서는 '아이가 닭으로 변하는 비법'이 공유되기도 했다. 그러나 가축이 된다는 건 먹을 것이 부족한 북한에서 자칫 생존의 위협이 될 수도 있는 문제였다.

부모들은 아이가 다른 사람에게 잡아먹힐까 봐 전전긍긍하며 아이를 집 안에 숨기기 바빴지만, 당에서는 동물화된 아이들을 집단 농장에 보내 특별 관리 대상 1호로 삼았다.

그런 와중에 동물의 최고봉으로 추앙받는 한국표범이 등장했다. 심각한 멸종위기에 처해졌다고 알려진 표범은 일제강점기 동안의 무분별한 포획으로 한반도에서 자취를 감추었다. 그러나 동물화된 아이들 중에 한국표범이 나타나고 국빈 대접을 받게 되면서, 동물화에 대한 세간의 이미지가 바뀌게 되었다. 그 덕에 북한에서도 동물화가 어느 정도 인정받고 당국의 관리 감독하에 들어가게 되었다는 주장도 있었다.

그런들 길애와 길영에게 동물화는 배부른 아이들의 투정기로 여겨졌다. 춘정기가 와 성질을 부려대는 아이들은 그걸 받아줄 부모가 있는 아이들이고, 쌀독에 내일 먹을 쌀이 들어차 있는 아이들이다. 머물 곳 하나 없이 꽃제비로 돌아다닌 지가 1년이 넘은 데다 매일매일 살아남는 일이 시급한 마당에 배부른 아이들에게나 찾아온다는 동물화는 자신들과 상관없는 일이라고 생각했다.

이제 길애에게 남은 가족은 동생 길영이 유일했다. 겨울이면 부모 없는 꽃제비 아이들이 길에서 굶어 죽는 일은 다반사였다. 제 코가 석 자인 어른 누구도 그 작은 입 하나를 거두지 못했다. 장마당에 떨어진 배춧잎이나 옥수수 몇 알을 주워다 때식(끼니)을 때우며 살았으나 겨울이 되면 이마저도 힘들어질 일이다.

그러나 길애와 길영은 추운 겨울에도 늘 세수를 했고 더러운 옷의 먼지를 떨어냈다. 꽃제비 처지가 달라질 건 없었지만 당당한 얼굴로 장마당에서 일거리를 받고 싶었다.

해가 바뀌어 봄이 되었을 때, 그런 오누이를 딱하게 여긴 한 아주머니의 도움으로 장터 한구석에서 쪽잠을 잘 수 있었다. 아주머니는 중국에서 들여온 상품을 팔았는데, 대부분의 돈을 북조선 돈이 아닌 중국 위안화로 받았다. 가끔 위조지폐를 받아도 위안화를 받아온 사실 때문에 당국에 고발하지도 못하고 끙끙댔는데 눈 밝은 길애가 아주머니를 돕고 나섰다.

길애는 돋보기로 지폐의 미세 패턴과 문양, 색상을 확인해 조금이라도 짓뭉개졌거나 번져 있으면 그 지폐는 받지 못하게 했다. 영특한 길애 덕에 아주머니는 위조지폐를 걸러낼 수 있었고, 그 덕에 길애는 남은 옥수수죽 한 그릇이라도 얻어먹을 수 있었다.

길영은 길영대로 장마당에서 제 할 일을 찾아다녔다. 처음에는 아버지에게 배운 전자기기 수리 실력으로 라지오(라디오) 조립과 수리를 도왔다. 그러나 실제로 쏠쏠하게 돈이 되는 분야는 콤퓨터였다. 어려서부터 일찍 콤퓨터를 접한 길영은 본체를 조립하거나 운영체제를 설치하는 능력이 일반 기술자보다 뛰어났다. 특히 해외에서 밀수입해 온 콤퓨터에 MS 윈도를 제거하고 북한 고유의 운영체제인 '붉은별'을 설치하는 것으로 밥벌이를 했다. 물론 대부분의 돈은 중개상 역할을 하는 수

리상이 다 가져가고, 길영이 받는 건 옥수수 한 개였지만 개의치 않았다.

그렇게 두 사람이 조금씩 제힘으로 자리를 잡고 있던 차에 뜻하지 않게 누나 길애가 새로 변해버렸다. 집도 부모도 없는 처지에 춘정기라니 황당했지만, 하고 많은 동물 중에 새가 된 것만은 다행이라 생각했다. 잡아먹힐 염려도 없고 당국의 눈을 피해 자유롭게 다니며 동생 길영에게 먹을 것을 물어다 주기 가장 편한 몸으로 변한 게 오히려 행운이었다.

길애는 제 부리 안에 옥수수 알갱이를 100개나 넣을 수 있다는 사실이 기뻤다. 사람들 눈을 피해 장마당을 날아다니며 땅에 떨어진 옥수수알이나 집에 말려놓은 옥수수를 뜯어 부리에 넣었다. 그걸 모아 한꺼번에 동생에게 주면 동생은 옥수수죽을 끓여 하루를 보낼 수 있었다. 그렇게 부지런히 새끼에게 먹이를 나르는 어미 새처럼 동생을 돌봤다.

두 사람의 간절한 마음에 하늘이 감동한 것인지 한 달이 지나기도 전에 동생 길영도 잣까마귀가 되었다. 길영이 길애가 앉아 있는 높은 가지 위로 날아오르자, 둘은 하늘 높이 자유롭게 날았다.

길애는 아직 비행이 서툰 길영에게 날개를 펼치고 바람을 타는 법이나 나뭇가지에서 떨어지지 않게 자는 법 등 생존 비법부터 가르쳤다. 학습력이 좋은 길영은 하루 만에 비행 기술을 터득하고 바로 벌레들을 사냥하기 시작했다. 길애는 맛있게 벌레를 먹는 길영을 보며 얼굴을 찌푸렸다. 길영은 질색하는 누나 앞에서 오독오독 벌레를 먹으며 말했다.

"사람들이 기러는데 동물인간이 되면 그 동물이 먹는 건 다 먹을 수 있다지 않아. 누나도 먹어보라우."

"으이, 그 징그러운 걸 어찌 입에 넣으라는 기간."

"땅바닥에 떨어진 황금알도 흙 털어서 잘만 먹던 사람이 누구였디?"

"사람 먹는 옥수수랑 벌레가 같네?"

"내 누에벌레, 돼지벌레, 잠자리까지 싹 다 먹어봤는데 그중에 제일은 이 소나무털벌레(송충이)더라 이기야."

"제일로 숭퉁스레 생긴 게 맛있다니 니도 별별스럽구나야."

"고소하고 맛있기만 한데 왜 기러디. 기나마 벌레라도 있을 때 먹어두는 것이 좋을 기야."

계절은 아직 먹을 것이 풍족한 한여름이지만 머지않아 가을이 되고 겨울이 올 것이다. 길애도 그 시간이 두려웠다. 언제 사람으로 돌아갈지 모를 상황과 또다시 맞이하게 될 춥고 배고픈 겨울.

아주머니가 평상 자리를 내주었다 해도 언제든 내쫓길 수 있는 불안한 처지였다. 길애는 결심을 굳히고 길영에게 말했다.

"길영아, 잘 들어라. 새가 됐을 때 우리는 북조선을 떠야 한다."

"머리꼬리 없이(밑도 끝도 없이) 기게 무슨 소리네?"

"남쪽으로 가야 한다 이 말이야."

"남쪽? 남으로 갔다가 총살당하면 어찌하려고 기래?"

"우린 지금 새지 않아. 우리가 사람인지 아닌지 당에서 어케 아 네? 이 몸으로는 자유롭게 남조선으로 갈 수 있지만 사람 몸으로 돌 아가면 택도 없는 일이야. 다시 없을 기회라고."

"기래도 거기서 다시 사람이 되면 남조선 군인들이 잡아 가두지 않겠어?"

"남조선이 기래 험악한 곳이면 사람들이 기를 쓰고 내려가려고 하갔어? 기보다 여기 있다가 다시 사람이 되면 굶어 죽게 될 기야. 차라리 남조선에서 사람으로 돌아와서 먹을 거라도 실컷 먹고 사는 기 낫갔디."

길영은 두려움 속에서 길애를 바라보았다. 그러나 길애는 이미 오래전부터 기회가 되면 북조선을 떠나리라 마음먹고 있 었다. 꽃제비들이 몰래 기차에 올라타 두만강을 건너다 잡히 는 일은 흔했다. 무사히 국경을 넘는다고 해도 남조선으로 갈 수 있다는 보장도 없었다.

길애는 아무도 의지할 곳이 없는 이곳보다 남조선에서 새 삶을 시작하는 게 낫다고 확신했다. 장마당에서 주워들은 이 야기로는 남조선이 수십 층 건물들로 가득 차 있으며 길거리 에는 수천 수만 대의 차와 버스가 즐비하다고 했다. 무엇이든 과하게 넘쳐나서 멀쩡한 물건을 버리는 일도 허다하다는 소문이 파다했다.

"니 남조선에 음식물 쓰레기통이란 게 있는 거 아네?"

"음식물 쓰레기통이란 건 도대체 뭐이간?"

"먹다 남은 음식들을 소, 돼지 준다고 버리는 오물재(쓰레기)통이란다."

길영은 놀란 입을 다물지 못했다. 사람이 먹을 것도 없어 굶어 죽는 판에 배부르다고 버리는 음식물 쓰레기통이 있다니. 놀라움을 넘어 화가 치미는 듯했다.

"때식 때우기도 힘든 사람을 두만강에서 평양까지 세우면 기찻길인데 미친 거 아이간?"

"적어도 남조선에서는 몸뚱이 하나만 튼튼하면 굶어 죽을 일은 없다질 않아. 우리가 평양을 떠나 평성에 온 지 1년이 넘었으니 지금쯤 사망자 인증(오랜 기간 거주지를 떠나 소식이 없는 사람을 국가가 죽은 사람으로 인정하는 일)이 떴을 거고, 공민증도 없이 북조선에서 사람으로 살아가는 건 더더욱 힘든 일이 돼버렸다 이 말이야."

길영도 자신들의 처지가 죽은 사람과 다름없다는 사실을 알고 있었다. 사는 곳이 일정치 않으니 그곳에 사는 주민임을 증명하는 거민증도 없고, 17세 이상 공민들에게 발급하는 공민증도 없으니 서류상 없는 사람과도 같았다.

게다가 누나가 그토록 두려워하는 겨울이 다가오고 있었

다. 작년 겨울, 긴 굶주림으로 산을 헤매다 둘 다 토굴 안에서 죽을 뻔했던 기억을 떠올리면 다시 맞닥뜨릴 혹한의 겨울은 죽음보다 더한 공포였다.

"그까짓 것 한번 가보자우."

"참말이네?"

"날개를 단 새의 몸인데 못 갈 거이 뭐간? 갔다가 아니다 싶으면 돌아오면 되는 거디. 내래 이래 봬도 백두산까지 배움의 천리길(매년 3월 선발된 소년들이 평양 만경대를 출발해 백두산까지 440킬로미터를 14일 동안 행군하는 여행)을 다녀온 소년단 출신이야."

"입만 열었단 하면 극기 훈련 했다고 자랑질은."

북조선에 남아봤자 새든 사람이든 살아남기 힘든 건 마찬가지라 이미 갈 곳은 정해진 셈이었다. 남은 가족이 없기에 둘은 자유로웠다. 가지고 갈 물건도 없으니 그저 날아가면 끝이다.

길애와 길영은 평성을 떠나기 전 주변을 크게 돌며 자신들이 머물던 평성 대학을 둘러보았다. 평성에는 농업대학, 석탄공업대학, 교원대학, 의과대학, 사범대학 등 남한으로 치면 단과대학 규모의 대학들이 여러 곳에 떨어져 있었다. 어린 남매에게 먹을 것을 나눠 주던 대학생 형, 누나들이 보였다.

오누이는 장마당을 나오면 주로 평성역 주변에 있는 수의축산대학과 의학대학에서 지냈는데, 특히 수의축산대학에 있던 장철주라는 학생의 도움을 많이 받았다. 장철주는 배급으로 나오는 쌀 중 일부를 누룽밥으로 만들어 오누이에게 몰래 나누어 주곤 했다. 따뜻한 국물을 마실 수 있었던 건 장철주가 자신의 끼니를 한 끼 굶고 내어준 덕임을 나중에야 알았다.

장철주 동무의 도움으로 공민증을 발급받으려던 찰나 길애가 새로 변하는 바람에 북에서의 마지막 희망이 끊긴 셈이었다. 길애와 길영은 장철주가 공부하는 강의실 창가에 앉아 마지막 인사를 전했다.

"철주 동무, 그동안 고마웠습다. 사는 동안 동무의 온정을 잊지 않갔습다."

장철주는 창가에 앉아 까악까악 우는 새를 보고 의아해했다. 갈색 몸에 흰색 얼룩점이 있는 걸 보면 귀한 새인데 어찌 이런 곳에 있을까. 조류 백과사전을 찾아보던 장철주는 이 새들이 잣까마귀라는 것을 알아냈다.

"이야, 니네가 잣까마귀라는 새구나야. 해발고도가 높은 금강산에서만 볼 수 있을 줄 알았는데 이 낮은 곳까지는 어쩐 일이네."

그 말에 잣까마귀 두 마리가 울었다. 조류 백과사전을 다시 읽던 장철주가 고개를 돌려 창밖을 봤을 때는 이미 두 마리의 새가 떠난 뒤였다.

신기루처럼 사라진 새들을 생각하니 묘한 감정이 들었다.

이유는 모르겠지만 갑자기 사라진 길애와 며칠 전 사라진 동생 길영이 생각났다.

둘이 죽어 잣까마귀가 되어서 찾아온 것일까.

장철주는 새들이 떠나버린 빈 나뭇가지를 바라보며 깊은 생각에 잠겼다.

잣까마귀 남매는 평성을 떠나 남쪽이 아닌 동쪽으로 향했다. 곧장 남으로 내려갈 수 있었지만 장철주 동무가 해준 말이 마음에 걸렸다. 잣까마귀라는 이름도 낯설었지만 이 새가 높은 고도에서만 산다는 사실을 알게 된 순간, 사람들이 사는 곳이 두려워졌다. 잣까마귀인 채로 서울로 날아갔다가는 수렵꾼에게 발각되어 동물원 신세를 면치 못할 수 있었다.

그래서 금강산이 있는 강원도 금강군을 첫 번째 목적지로 수정했다. 가장 높은 봉우리라 알려진 비로봉에 오르면 잣까마귀의 서식지도 찾을 수 있지 않을까 싶었지만, 사실 다른 이유도 있었다.

몇 시간을 날아 마침내 금강산에 도착했을 때 오누이는 자신들이 헤맨 곳이 금강산의 절경이라는 내금강과 외금강 일대임을 알았다. 말로 표현할 수 없을 만큼 아름다운 폭포들은 아버지가 말하던 문학 작품 속 그 폭포들이었다.

조선의 내로라하는 명문장가 선비들은 이 금강산을 유랑하는 것이 일생일대의 소원이었다고, 언젠가 아버지가 말했었다. 그래서 임금이 전라도 섬이나 제주로 유배를 보낼지언정 험하기로 둘째가라면 서러운 금강산으로는 유배를 보내지 않았다고도 했다. 언뜻 생각하면 사지처럼 생각되었으나 실상은 누구나 동경해 마지않는 곳, 죄인이 가장 바라 마지않는 곳에 귀양살이를 보내 재미있게 살다 오라 할 아량 넓은 임금은 없었단다.

"임금 속이 밴댕이 같았시요."

"만날 조정 대신들의 읍소와 유생들의 상소에 시달리는 임금 입장에서는 자기가 더 가고 싶지 않갔어. 안팎으로 정적에, 외척에, 고된 속세를 떠나 절경으로 귀양 가는 신하가 부러웠을 기야."

"아바디도요?"

"고럼, 두말해 뭐 해."

"호랑이도 나오고 험하다면서요?"

"고깟 큰 고양이 몇 마리가 무섭갔어? 나도 구룡폭포 보고 연화대, 백운대 지나서 비로봉 한 바퀴 돌아보면 소원이 없겠다야."

김책공업종합대학의 교수였던 아버지는 북한 안에서도 나름 많이 배운 엘리트였다. 그러나 아버지의 부재 이후 모든 것이 변했다. 불온 사상 때문에 아버지가 끌려간 뒤로 모든 일가

친척과의 교류가 끊기고 남매는 버려졌다.

길애는 차라리 밴댕이 속 같은 임금이 아버지를 교화소로 유배 보낸 것이라 생각하고 싶었다. 모두가 죽었을 거라 말했지만 길애는 믿고 싶지 않았다.

비로봉에 올라 겹겹이 펼쳐진 능선과 골짜기를 바라본 순간 눈물이 왈칵 쏟아졌다. 이 아름다운 금강산 만이천봉을 그토록 보고 싶어 하던 사람 대신 아무것도 모르는 자신이 온 것이 서글펐다. 귀한 눈을 가진 아버지 대신 까막눈인 자신이 보게 된 것이 운명의 장난처럼 느껴졌다.

스쳐 지나갈 생각이었던 금강산을 몇 날 며칠 동안 머무르며 남매는 태어나 처음으로 아무런 근심이 없는 시간을 보냈다. 자유로운 삶, 또한 내일이 있는 삶이 얼마나 소중한가를 태어나 처음 제 머리로 생각하게 되었다. 만이천봉을 다 돌아볼 수 있다면 얼마나 좋을까.

금강산이 봄, 여름, 가을, 겨울마다 다르게 불리는 이유는 그 계절마다 갖는 다른 아름다움 때문이라던 아버지의 목소리가 귓전에 들리는 듯했다.

"길애야, 『동국여지승람』이라는 책에는 금강산을 부르는 다섯 가지 이름이 있다. 기란데 우리는 계절에 따라 네 가지 이름으로 부르디."

길애는 고개를 돌려 주위를 둘러보았다. 한여름의 녹음이

우거진 산줄기가 구불구불 이어져 시작과 끝이 보이지 않는 산맥을 이루고 있었다.

"여름이면 녹음이 무성해서 봉래산, 가을에는 만이천봉이 단풍으로 물들어 풍악산, 겨울에는 녹음이 지고 암석만 뼈처럼 드러나 개골산이고, 다시 봄이 되면 온 산이 새싹과 꽃으로 뒤덮여 금강산이 되는 거디. 사람 인생도 그러하디. 좋은 날도 있고 시린 날도 있어서 인생이 풍성하고 아름다워지는 거이야. 인생의 때마다 이름이 바뀌는 것이지 네 인생이 뒤바뀌는 것은 아니디. 추운 겨울날도 다 나름의 의미가 있는 거니 함부로 흘려보내지 말라."

계절마다 변하는 아름다운 금강산을 보고 싶었지만 더 시간을 지체했다간 영영 떠날 수 없겠다는 생각이 들었다. 둘은 언젠가 다시 오리라 굳게 결심하고 금강산을 떠났다.

발밑에 비무장지대가 지나가고 총을 든 군인들이 보였지만 잣까마귀인 그들을 향해 총을 쏘는 사람은 없었다. 남조선이든 북조선이든 새들에게는 그 어떤 경계도 존재하지 않았다.

설악산 대청봉에 도착했을 때 길애와 길영은 드디어 남조선에 왔다는 사실이 꿈만 같았다. 북조선과 다른 게 있다면 솔씨와 나무 열매가 즐비하다는 것이다.

동생 길영이 허겁지겁 나무 열매를 따 먹으려 하자 길애가 부리로 막아서며 말했다.

"남조선은 벌레잡이약을 하도 뿌려서 아무 열매나 따 먹으면 안 된다고 못 들었니?"

"남조선이 제아무리 물자가 남아돈다지만 설악산 꼭대기까지 칠 약이 있갔어? 얼스럽게(창피하게) 꼭 북조선 촌바우(촌뜨기) 티를 내간?"

길영은 말을 끝내기 무섭게 솔씨를 따 먹기 시작했다. 사실 수많은 솔씨를 본 길애의 마음도 길영과 다르지 않았다. 새가 된 이후 새들이 먹는 모든 것을 먹을 수 있다는 사실이 그렇게 좋을 수가 없었다. 조그만 나무 벌레조차 북조선보다 남조선의 것이 더 통통하고 윤기가 흘렀다.

남조선으로 내려온 첫 주는 산에서만 지내느라 북조선에서의 생활과 크게 다르지 않았다.

울산바위를 거쳐 미시령계곡으로 내려가면 나타나는 조그만 리조트라는 것도 평양의 내로라하는 류경호텔이나 평양호텔을 생각하면 그리 대단치 않아 보였다. 평양에도 수십 층 높이의 고층살림집(아파트)이 많았다. 세계에서 가장 흉물스러운 건물이라며 전 세계적으로 욕을 들어 먹던 류경호텔도 비록 여전히 완공 전이지만 그럼에도 평양의 상징이 되었다.

평양에도 영광거리의 역전백화점이나 광복거리의 만경대학생소년궁전, 금성거리의 주석궁 등 도시 느낌이 물씬 풍기는 장대한 위용의 건물이 있었다. 서울이 아닌 지방 소도시라 할지라도 남조선이라는 곳도 그리 대단하지는 않구나 생각이 들었다.

그러나 길애는 곧 자신의 생각이 틀렸음을 깨달았다.

바다를 보기 위해 대청봉을 떠난 오누이는 속초에 이르러 이 푸르고 장대한 들판 같은 것이 바다임을 알았다. 짠내가 밴 시원한 바닷바람을 맞으며 바다 위를 나는 동안 동화 속 세상에 온 듯한 착각이 들 정도였다. 아버지를 잃고 거리를 헤맸던 지난날의 두려움이 먼 옛날의 감정 같았다.

속초 시내 구석구석을 돌아보다 편의점 테이블에 버려진 반쯤 남은 소시지를 발견한 순간, 길영은 잣까마귀가 아니라 날쌘 솔매가 되어 소시지를 낚아챘다.

호수 근처 국사봉 봉우리에서 사이좋게 소시지를 나눠 먹으니 그리 행복할 수가 없었다. 반쯤 뜯겨 사라진 제품명을 유심히 살펴보던 길영이 나머지 이름을 유추하며 단어를 읊었다.

"천하…… 제일? 천하…… 일품? 키야, 이 소시지 이름이 뭐든지 간에 천하란 이름은 진짜 잘 지었디. 내 머리털 나고 먹어본 음식 중에 이게 제일로 맛나구나야."

길애는 껍질을 부리로 쪼는 길영을 보고 먹던 소시지 조각을 도로 내주었다.

"마저 먹어라."

"사람 무안하게 왜 이래. 이깟 소시지야 남조선 돼지들이 버리는 걸 또 주워 먹으면 되지."

"길영이 너래 신기하지 않니? 이렇게 맛 좋은 소시지도 먹다 버리고 갈 정도라면 남조선 사람들은 다른 건 얼마나 배때기 부르게 먹는다는 소리야."

"남조선은 굶어 죽는다는 게 뭔지 모른다질 않아. 길마다 넘쳐나는 게 식당이지 않갔어. 배고프면 어디든 들어가서 먹을 수 있다는 게 얼마나 대단한지. 와! 이래서 목숨 걸고 남조선으로 탈출하는구나 싶더랬지."

"내 처음 남조선으로 내려왔을 때…… 사실 속으로는 남조선 별거 아니구나, 장마당에서 훔쳐본 영상도 후라이 까려고(거짓말하려고) 만든 기구나, 하고 우습게 생각하는 마음이 있었디."

"누나는 눈이 어떻게 된 거 아니나? 길거리에 소달구지 하나 없고, 광나는 차들이 빽빽하고, 사람들이 모두 손전화 하나씩을 가지고 다니는데 뭐가 별거 아니가?"

"큰 건물 많은 기야 평양도 눈이 휘둥그레질 정도 아니가. 내래 그리만 생각했는데 제일 중요한 게 다르더라."

"앗, 음식물 쓰레기통! 참말인 걸 알고 내래 뒤집어지지 않았갔어."

길영의 대답에 길애는 또다시 웃음이 터졌다. 길애 말대로 아파트 단지마다 가득 들어차 있는 음식물 쓰레기통을 직접 확인한 뒤 길영은 나뭇가지에서 떨어질 뻔했다.

"땅굴을 파서 파이쁘를 심고 북으로 보내면 수백만 명이 굶어 죽을 일이 있갔어?"

"기래. 뭐든 넘쳐나는 게 제일 다르지. 근데 제일 다른 건 남조선 사람들이야."

"옷차림새만 다르지 생긴 거야 북조선이랑 흡사하디."

"길영이 너 남조선에서 우리만큼 마른 사람 본 적이 있간? 삐쩍 곯아서 피골이 맞닿아 배랑 등이 통일된 사람이나 못 먹어서 버짐이 피거나 꽃제비 같은 애들을 본 적이 있간?"

"없디. 다들 키도 크고 통통하고 얼굴에 광이 나던데."

"길치. 다들 입성 좋고 피부에 갓 지은 밥알 같은 윤기가 좔좔 흐르더라. 또 미남, 미녀가 많디. 하다못해 남조선 새들 깃털도 하나같이 부르르하디."

"기런데 반은 맞고 반은 틀린 말이디. 이 남조선에서는 삐쩍 곯고 뼈대에 가죽만 장착한 앙상한 사람을 미남, 미녀라 칭한다 이 말이야."

"눈이 삔 거 아이니? 어찌 대나무 꼬챙이 같은 사람을 잘생겼다 생각하네?"

"새로 치면 희귀조 아니갔어? 다들 돼지 사촌, 팔촌 되는 살집이니 곯아서 마른 사람을 귀하게 여기는 것이디."

"기래? 기럼 등짝이랑 배꼽이 붙을 지경인 니가 남조선에서는 죽여주는 미남자겠구나."

"아무렴. 곪은 걸로 따지면 내래 남조선 최고의 미남자겠지. 내래 처음에는 배가 보름달처럼 튀어나온 뚱뚱한 남자를 보고 이야, 남조선에서는 남자도 애를 배는구나 싶었디."

둘은 까악까악 새소리를 내며 없는 배꼽을 잡고 웃어댔다.

"아버지가 봤으면 목살이 접히는 것이 백두 혈통이구나, 하셨을 텐데 말이야."

그 말을 하던 길영은 길애의 어두운 표정을 보고 이내 농담을 멈췄다. 아버지와의 추억을 떠올리면 누나의 마음이 천 갈래 만 갈래 찢어진다는 사실을 잠시 잊은 탓이다. 그러나 길애는 생사를 알 수 없는 아버지를 떠올려 마음이 무거워진 게 아니었다.

며칠 동안 아버지를 잊고 풍요 속에 젖어 있던 자신에게 놀란 것이다. 동생 앞에서는 아닌 척했지만 길애에게 북에 두고 온 아버지는 아물지 않은 상처였다.

남한으로 내려온 지 2주 차가 되자 잣까마귀의 생태와 습성에 대해 어느 정도 지식을 쌓게 되었다. 물론 동물인간이 되면 해당 동물의 식성에 따른 것들부터 사람 먹거리까지 모두 먹을 수 있다고 하지만, 둘은 사람 사는 곳과는 조금 거리를 두는 게 좋겠다고 판단했다. 일단 잣까마귀가 대청봉과 같은 높은 고도에 서식하는 조류거니와 시내에서는 사람들의 눈에 쉽게 띄는 색깔인 까닭도 있었다. 무엇보다 언제 사람으로 돌아갈지 알 수 없기 때문에 다른 새들처럼 겨울을 날 준비를 미리 해둘 필요가 있었다.

길영은 잣까마귀 무리를 따라다니며 그들의 생태를 관찰했다. 무얼 따 먹는지, 그 먹이를 어디에 숨기는지, 어떤 생활을 하는지 곁눈으로 하나씩 배워나갔다. 가끔 다른 잣까마귀가 다가와 지저귀며 무언가를 말하는 듯했지만 새의 말을 알아들을 길이 없는 길영으로서는 대응할 방법이 없었다. 반응이 없자 잣까마귀는 길영을 떠나 자신의 무리로 돌아가 버렸다.

길애와 길영은 이 넓은 설악산에 소속 무리가 없는 새가 자신들뿐임이 서글펐다. 그러나 사람이었다고 해도 마찬가지였으리라 생각했다. 어차피 꽃제비였을 때도 의지할 울타리는 없었으니까. 그리 마음먹는 게 편했다.

그러던 어느 날, 길영이 날갯죽지를 바짝 붙인 채 다가와 길애에게 속삭였다.

"돌아보지는 말고. 누나 뒤로 5메다 떨어진 곳에 앉아 있는 잣까마귀 말이야."

길애가 뒤를 돌아보려 하자 길영이 다급하게 길애의 날갯죽지를 콕 찍으며 말했다.

198

"돌아보지 말라니까 기러네!"

"안 보면 뭐가 뭔지 어찌 알간?"

"목소리 좀 낮추라우!"

"우리 얘길 누가 듣는다고 기래?"

"저 잣까마귀가 조금 이상해서 기래."

"뭐이 이상해?"

"조금 전까지 나뭇가지에서 졸다가 떨어질 뻔한 걸 봤거든. 근데 파닥거리면서 가지를 붙잡고 '엄마야!' 하지 않았어?"

"엄마야?"

"기래, 엄마야!"

"거참 해괴망측하구나야."

"길타니까!"

"'오마니!' 해야지. 남조선 테레비를 얼마나 훔쳐봤으면……."

순간 길애는 뭐가 잘못됐는지를 눈치챘다.

"서, 설마 저 잣까마귀가……. 니 진짜니?"

"아니, 진짜라도 기러네. 내가 두 귀로 똑똑히 들었다고."

북조선 말이냐 남조선 말이냐를 물을 게 아니라 사람 말을 한다는 게 먼저였다. 새가 사람처럼 말할 수 있다면 그 새는 바로 동물인간이다. 남조선에서 먼저 시작된 동물인간이 설악산 깊은 산속에 오지 않으리란 법이 없지 않나.

길애와 길영은 충격과 공포 속에 서로를 바라봤다. 이제 보니 무리를 짓지 않고 혼자 떨어져 있는 저 잣까마귀 한 마리는 두 마리뿐인 자신들보다 더 이상했다.

"게다가 저놈은 아침부터 쭉 염탐꾼처럼 우리를 살펴보고 있었어. 꼭 당 간부처럼 우리를 요래조래 감시하더라 이 말이야. 우리가 북에서 온 꽃제비인 거 알고 찾아온 남조선 국정원 요원일 수도 있디 않갔어?"

"엉뚱한 상상 하지 말라. 다른 새들도 까악까악 말을 걸어온 적이 있었잖네."

"저놈은 말을 걸어오지도 않았어."

"놈인지 아닌지 어케 확신하네?"

"볼일 볼 때 아랫도리를 유심히 봤디. 대단치 않아도 뭐가 삐죽 달려 있더라 이 말이야."

남매의 이야기를 몰래 엿듣고 있던 최섬의 볼이 불타올랐다.

최섬은 깃털을 고르는 척 딴청을 피우며 슬슬 옆 나뭇가지로 옮겨갔다. 그래도 의심의 눈초리가 계속 자신을 향하자 슬며시 하늘로 날아올랐다. 대청봉 근처를 한 바퀴 도는 척 몇 번 선회하다가 꽁지가 빠지게 오색약수터 쪽으로 내려왔다.

산줄기를 타고 활강한 뒤 숙소 근처 숲으로 들어가 가쁜 숨을 골랐다. 미친 듯이 뛰는 심장이 좀처럼 가라앉지 않았다. 정체를 들키지 않으려고 무던히도 애를 썼는데 무심결에 새어 나온 말 한마디에 이렇게 탄로가 날 줄이야.

북한이 보낸 새 간첩일 수도 있다는 생각에 모골이 송연해졌다. 게다가 동생 잣까마귀는 마치 고도의 요원 훈련을 받은 듯 날쌔고 민첩했다. 덩치만 컸지 좁은 구역 비행에 젬병인 자신과 달리 울창한 나무 사이를 스키 타듯 미끄러지며 활강하는 실력을 보건대 보통내기가 아닌 듯 보였다.

북한은 어렸을 때부터 총검술을 배우고 군대도 10년이나 간다는데, 그에 비해 자신은 변하는 것조차 남한에서 가장 느린 청소년이 아닌가. 날아오는 주먹조차 내일까지 피하고 있을 놈이라는 정훈의 말이 백번 옳았다.

숙소로 돌아와 횃대에서 잠을 자던 섬은 그들이 쫓아오는 악몽을 꾸다 미끄러져 음식물 쓰레기통에 처박혔다.

한동안 섬은 대청봉 꼭대기에는 올라가지 않았다. 대청봉의 왼편인 대승폭포 쪽에 머물며 잣까마귀 남매는 물론 다른 텃새들과도 거리를 두고 지냈다. 아주 가끔 잣까마귀 무리가 대승폭포 쪽으로 내려와 함께 있을 때도 있었지만 대부분의 시간은 혼자 보냈다.

그리고 어쩌다 동선이 겹칠 때만 잣까마귀 남매를 만나게 되었다. 둘은 여전히 깃털이 퍼석했고 여느 잣까마귀보다 작은 체구를 지니고 있었다. 섬은 멀리서도 잣까마귀 남매를 한눈에 알아볼 수 있었지만 어쩐 일인지 잣까마귀 남매는 다른 새들 사이에 섞인 섬을 알아보지 못했다.

그러던 어느 날. 따온 잣알을 떡갈나무 둥지에 숨기고 있는데 어디선가 찢어지는 비명이 들려왔다. 분명 사람의 비명이었다.

소리가 난 곳을 향해 날아간 섬은 큰부리까마귀가 잣까마귀 남매를 공격하고 있는 장면을 목격했다. 예민해서 웬만하면 다른 개체와 거리를 두는 새인데 의외였다. 꾸룩꾸룩 소리가 들리는 걸 보면 주변에 녀석의 둥지와 새끼가 있는 게 분명했다.

자식 사랑이 끔찍하기로 소문난 큰부리까마귀는 둥지 근처를 지나가는 행인도 이유 없이 공격하곤 했다. 한마디로 조류계에서 가장 극성인 모성애를 지니고 있는데 멋모르는 남매가 큰부리까마귀의 둥지 가까이에 다가갔다가 봉변을 당한 것이 아닐까 싶었다.

참견하지 않기로 했지만 둘의 덩치 차이가 컸고 영역이 걸린 싸움은 끝내 피를 볼 것이 분명했다. 섬은 큰부리까마귀의 시선을 분산시키기 위해 근처를 낮게 날았다.

갑자기 또 다른 잣까마귀가 날아들자 엄마 까마귀의 스트레스는 최고조에 달했다. 엄마 까마귀가 대상을 바꿔 섬을 향해 달려들었다. 날카로운 발톱으로 섬의 뒷머리를 공격하려는 순간 섬은 재빠르게 날아올라 나무 사이를 날았다. 그 사이 시간을 번 잣까마귀 남매가 무사히 큰부리까마귀의 영역을 빠져나가는 것을 확인했다.

잠시 방심한 사이 뾰족한 부리가 날갯죽지 아래로 파고들었으나 섬은 아픔을 참고 부리를 떨쳐냈다. 섬의 날카로운 발톱이 녀석의 목덜미를 파고들자 새된 비명이 터져 나왔다. 큰부리까마귀는 날갯짓하다가 땅으로 고꾸라졌지만 섬은 움켜쥔 목덜미를 놓지 않았다.

하늘에서는 진짜 새인 녀석이 강하겠지만 땅에서는 섬에게도 승산이 있을 것 같았다. 섬은 힘껏 몸을 날려 바다로 떨어졌다. 그러나 떨어진 곳이 비탈이었다. 다치지 않기 위해 날개를 고이 접은 채 섬은 흙바닥을 굴렀다. 벗어나기 위해 날개를 펼친 채 버둥거리던 큰부리까마귀는 오히려 나무뿌리와 돌에 부딪히고 있었다.

비탈길 수 미터를 굴러서야 엉켜 있던 둘은 서로에게서 떨어졌다. 기진맥진한 섬은 날개를 털고 몸을 추슬렀지만, 큰부리까마귀는 날개를 펼친 채 뻗어 있었다. 소나무 가지에서 지켜보던 다른 큰부리까마귀들은 힘이 빠진 섬을 공격하지 않고 하나둘 자리를 떠났다.

그리고 숲속의 수많은 눈이 이 모습을 지켜보고 있었다. 작은 덩치의 잣까마귀가 자신을 먼저 공격한 큰부리까마귀를 끝까지 물고 늘어져 이기는 모습을.

사람의 세계든 동물의 세계든 겉돌던 구성원이 인정받는 방법은 명확하다. 자신도 그 울타리를 지키기 위해 최선을 다하는 구성원임을 보이는 것이다. 섬은 자신이 그 어려운 일을 증명해 냈음을 알지 못했다.

며칠 뒤 몸을 추스른 섬은 다시 대청봉에 올랐다. 그런데 어느샌가 자신이 있는 곳까지 잣까마귀 새끼들이 날아와 노니는 것을 발견했다. 무리의 어른들은 새끼들을 제지하기는커녕 오히려 섬 쪽으로 보내는 것 같았다. 새끼들은 섬이 있는 곳까지가 자신들의 영역이라 생각했고, 무리는 그곳까지 새끼들을 보내도 안전하다고 믿는 모양이었다.

새 무리의 가장자리를 지키는 파수꾼은 가장 젊고 힘이 센 수컷이라 배웠는데, 섬은 자기도 모르게 목에 빳빳하게 힘이 들어가는 걸 느꼈다. 그러다 먼발치에서 섬을 지켜보고 있는 북조선 오누이를 발견했다. 섬에게 할 이야기가 있는 듯했다.

무리에서 떨어진 곳까지 날아간 섬은 오누이가 다가오기를 기다렸다. 얼마 지나지 않아 오누이가 근처 나뭇가지로 날아왔다. 섬은 말없이 그들을 바라봤다.

팽팽한 긴장감 속에서 마침내.

"……**남조선 탈가**(가출) **소년**."

"탈, 뭐?"

"니 왜 우리를 도우니?"

"왜 도왔냐고?"

"기래. 큰 까마귀가 우리 공격할 때 왜 우리를 도왔네?"

"그냥 지나던 길이었어. 너희 싸움에 내가 잘못 걸려든 거지 도와줄 생각은 없었어."

그러나 오누이는 섬의 말을 곧이곧대로 믿지 않았다.

"니 진짜 할 말이 기게 다간?"

"뭐가 더 있어야 해?"

"……."

"더 뭔가를 말해야 한다면, 큰부리까마귀는 제 새끼를 끔찍하게 여기니까 둥지가 있다 싶으면 근처도 가지 마."

"기 정도는 우리도 알아!"

"퍽이나."

혼잣말을 한 섬은 두 남매가 "퍽이 뭐이간?" 하며 자기들끼리 주고받는 말을 들었다. 이 남매와 대화다운 대화를 나누기가 퍽이나 어렵겠다는 생각도 들었고.

"앞으론 일없다."

"나도 그럴 일 없어."

"니 사람으로 돌아가서도 어데 가서 우리 봤다고 입 한번 뻥긋하면……."

"안 그런다고."

"너는 아인지 모르겠지만 우리는 말 한번 잘못하면 꼼짝없이 교

화살이 감이야."

섬은 더더욱 북조선 오누이와 엮이지 않아야겠다고 다짐했다.

그러나 앞으론 일없다던 호언장담과는 달리 오후 내내 오누이 잣까마귀 중 한 마리가 섬의 주위를 똥 마려운 강아지처럼 맴맴 돌고 있었다. 섬은 남동생 새가 자신에게 따로 할 말이 있다는 걸 직감적으로 눈치챘다.

다른 요원 몰래 자신과 접촉하려는 건가.

섬은 무조건 도망쳐야겠다고 생각하며 자리를 떴지만 남동생 새는 집요하게 뒤를 쫓아왔다. 중턱으로 내려가 잣을 모으고 있으면 근처로 날아오고, 다른 잣까마귀 무리에 합류해 쉬고 있으면 그 경계까지 날아와 섬을 살폈다. 하루 동안 쫓기는 긴장 속에 있다 보니 해가 질 오후가 되자 급격하게 피곤해지기 시작했다. 섬이 이제 숙소로 돌아가려 하자 놀란 남동생 새가 파드닥 날갯짓하며 날아올랐다. 보아하니 숙소까지 따라나설 모양새였다.

내일도 모레도 북한 새는 똥 마려운 강아지마냥 달막거리며 섬을 따라다닐 게 뻔했다. 날개를 접고 다시 나뭇가지에 앉자 남동생 새는 잣을 따는 척했다. 말은 못 하고 애꿎은 잣알만 따느라 부리 아래가 불룩했다. 섬이 다른 나무로 날아가자 그 새는 또 섬의 꽁무니를 쫓았다. 쫓아와 놓고선 막상 바라보면 아무 일 없다는 듯 딴청을 부렸다.

이로써 한가지는 명확해졌다. 앞으로 쭉 피곤하겠구나.

"곧 해가 질 텐데 언제까지 그러고 있을 거야?"

"……."

"그래서 하고 싶은 말이 뭔데?"

"……."

"네 누나 몰래 물어보고 싶은 말이 있어서 쫓아온 거 아냐?"

"헉! 니 그걸 어찌 알았니?"

"우리는 어려서부터 눈치 학원이라는 데를 다녀서 알아."

"이야, 남조선에는 별걸 다 돈 주고 배운다야."

"그래서, 용건."

"성격 한번 급하구나야."

"보다시피 해가 지고 있어서."

"뭐이…… 대단한 걸 묻는 거는 아니고. 안면을 트기도 전에 묻기는 좀 그렇지만, 니는 여자들에게 좀 인기가 있니?"

북한 출신 새가 갑자기 다가온 것도 놀랄 일인데 불러놓고 뜬금없이 물어보는 내용이 더 황당했다.

"나야 모르지. 모쏠은 아니지만 최근에 누가 사귀자고 직진한 적은 없으니까."

"모쏠?"

"뭐, 있어. 여자 친구 못 사귀는 거."

"남조선 아들이 방탕하다 하더만 여성 동무 못 사귀는 빈깍지도 있구나야."

빈깍지가 뭔지는 몰라도 자신이 여자 친구 한번 못 사귀어 본 것은 사실이라 그 말을 부정하지는 않았다.

"그러는 너는? 뭐, 북한에 여자 친구라도 있어?"

"……."

고개를 푹 숙인 남동생 새는 발톱 끝에 걸린 나뭇가지를 툭툭 치며 말을 잇지 못했다. 의외였지만 눈치껏 살펴보자면 말할 수 없는 누군가가 있다는 뜻이었다.

"뭐야? 진짜 있어?"

"……니는 언제 여 동무와 첫 뽀뽀를 해봤냐고 물어보려고 했는데, 소용없겠구나."

"뽀뽀라면 진작 했지. 유치원에서."

"사귀지도 않으면서 입술 박치기를 했다 이 말이가?"

"유치원이었다니까!"

"그 유치원이 뭐이가?"

"초등학교 들어가기 전에 다니는 곳 있어."

"탁아소 같은 거이가?"

"뭐, 비슷할 거야. 암튼 나도 일곱 살 생일 파티에서 느닷없이 기습 뽀뽀를 당한 거라고."

"흐음……."

바로 그 대목에서 남동생 새가 뚫어지게 섬의 이곳저곳을 살펴보는 게 느껴졌다.

"너래 사람 면상을 보지는 못했어도 꼴먹은(무안을 당할) 모양새는 아니었나 보구나."

'꼴먹지' 않아 경험치가 많다고 생각했는지 북한 새가 바투 다가와 날개를 붙이며 조용히 물었다.

"길타면 니두 보고 배운 것이 많갔디."

"뭘?"

"남조선 에미나이들은 어려서부터 다 잘 알고 있다는 얘기를 들어서."

"그니까 뭐?"

"니…… 키이수해 본 적 있네?"

"키이수?"

"그래, 키이수."

섬은 무슨 소리인가 눈을 끔뻑끔뻑하며 생각에 잠겼다. 속이 답답해진 길영이 소리쳤다.

"입술 박치기까지 해봤다면서 알면서 모르는 척하는 거이간, 몰라서 모르는 거이간? 아니, 남조선 애새끼들은 홀라당 까져서리 소학교부터 손잡고 키이수한다질 않아. 테레비만 틀면 아침부터 밤까지 애새끼부터 아즈마이까지 키이수질 하는 게 예사라고 장마당에서 다 들었다야."

픔, 섬은 자신도 모르게 웃음이 터져 나오려는 걸 참느라 애를 먹었다.

"그렇지, 남조선에서는 손키이수, 볼키이수, 눈키이수 많이 하지."

"니 나한테 그거 좀 가르쳐줄 수 있네?"

"그 여자 친구랑 하려고?"

그 말에 길영이 고개를 푹 숙인 채 애먼 가지를 툭툭 뜯어 냈다. 차마 이유를 밝히기엔 겸연쩍은 사정이 있음이 느껴졌다. 키이수를 배우겠다는 건 새가 된 뒤에도 여전히 그 사람을 좋아하고 있다는 뜻이기도 했다.

"너 학교도 안 다니고 꽃제비라 떠돌아다닌다며? 근데 누구를 사귀고 키이수를 한다는 거야?"

"그까이 니가 알 것은 없고 가르쳐줄 거이간, 안 가르쳐줄 거이간?"

"너 원래 나이가 몇 살이야?"

"공민증 조사하러 왔네? 그걸 왜 말해야 하나?"

"니가 키이수를 할 나이인지 아닌지는 알고 가르쳐줘야 할 것 아냐?"

"내래 방년 열아홉 묵었다."

"거짓말하지 말고."

그 말에 길영은 고개를 푹 숙이더니 조그만 목소리로 말했다.

"남조선 눈치 학원 한번 대단하구나야. 내래 올해 열다섯이야."

열다섯이란 나이는 북한이든 남한이든 마음속에 누군가를 향해 훈훈한 봄바람이 불 나이였다. 누군가를 좋아하는 마음이 국경을 가릴 리 없고, 배고픔과 가난도 걸림돌이 되지 않는다. 새가 된 마당에 남한 아이, 북한 아이 경계 짓고 만나지 않아야 하는 이유가 없다는 생각도 들었다.

"한 번 가르쳐줄 때마다 잣알 100개."

"뭐, 자, 잣알 일백? 야, 이거 완전 야경벌이(도둑질)하는구나야."

"남조선에서도 애들 키이수는 불법이야. 걸리면 용돈 배급 끊기고 감옥 가. 싫으면 말고."

지금 길영의 눈빛을 보건대 잣알 500개를 불러도 새벽부터 밤까지 따서 바칠 기세였다. 사랑 앞에 잣알 100개가 무슨 대수랴.

"영끌해서 모으면 100개는 금방 모을 텐데."

"영꿀에서 모아? 기런 이름의 땅굴에 잣알이 들어있는 거간?"

"아니, 내 말은 영혼까지 탈탈 털어서……. 아니다, 말을 말자. 통역 앱 쓰는 미국 사람이랑 대화하는 것 같아."

"100개 채울 테니까 잔말쟁이(잔소리꾼) 길애한테는 비밀로 해야한다."

"길애가 너희 누나 이름이야?"

그 말에 열다섯 살 소년의 얼굴에 당혹감이 스쳤다.

"아차! 절대 말하지 말라고 했는데."

"안 들은 걸로 할게. 그럼 네 이름은?"

"내래 리길영, 길할 길에 꽃부리 영자를 쓰디."

"말하지 말라고 해놓고 한자 뜻까지 말하는 건 또 뭐냐?"

"아차차, 누가 이름을 물어보면 말하는 거이 입에 착 붙어서리. 기런 네 이름은 어케 되니?"

"나는 절대 안 가르쳐주지."

"야, 남조선이래 사상 교육 한번 엄격하구나. 기럼 나는 너를 어케 불러야 하디?"

"서로 닉네임이나 다른 이름으로 부르면 되잖아."

"닉네이미가 뭐이가?"

"별명 같은 거. 너는 있어?"

"북에서는 애들이 상집자식 꽃제비 2호라고 불렀디."

상집자식이 뭔지는 몰라도 꽃제비 1호가 누구인지는 짐작이 갔다.

"기럼 니는?"

"나는 아일랜드."

"아일란드? 섬 말하는 기야?"

"영어 좀 하네. 어쨌든 우리 계약은 체결! 근데 그 전에, 네 연애 상대가 누군지 모르지만 뽀뽀는 했어? 손은 잡았고? 아니, 마음은 통했고?"

길영은 고개를 끄덕이는 듯하다가 천천히 내저었다. 도대체 어디까지가 긍정이고 어디까지가 부정인지 알 수 없는 묘한 고갯짓이었다.

"뭐야? 뭐는 맞고 뭐는 아닌 건데?"

"손은 잡았고…… 뽀뽀는 했는데 마음이 다 통했는지는 모르갔어. 내가 준 선물을 좋아하기는 했는데."

"무슨 선물을 줬는데?"

"내다 버린 소뼈에 글씨를 새겨줬디. 한자 조상님 정도 되는 갑골문자라 알려주고서 글자 하나를 새겼는데, 고이 간직하겠다고 그캤어."

"걔가 네가 준 소뼈를 좋아했다고?"

생각지도 못한 선물의 정체에 머리가 띵해졌다. 상상을 뛰어넘어 문화적 충격을 안겨주는 물건이었다. 그러나 그걸 듣고 정작 가장 중요한 사실을 생각하지 못한 자신이 더 바보 같았다.

"너 거기에 뭐라고 새겼어? 설마 사랑 애(愛) 자?"

"아니."

"좋을 호(好) 자? 아님 걔 이름?"

"아니."

이번에는 섬이 궁금했다. 도대체 뭐라고 썼기에 내다 버린 소뼈로 환심을 샀을까.

"아름다울…… 미(美)."

그 대목에서 되레 연애를 배워야 하는 건 자신이 않을까 하는 생각이 들었다. 백 마디 말과 비싼 선물보다 상대가 듣고 싶어 하는 말을 뼈에 새겨준 선물이라니. 실로 타고난 연애 고수가 아닌가.

"그래 놓고 내가 말도 없이 떠나는 바람에 통하던 마음도 끊긴 게 아닌가 싶고, 날 원망하면 어쩌나 싶기도 하고."

"손도 잡고 뽀뽀도 했으면 마음이야 있는 거지. 너 정말 순서를 몰라?"

"연애에도 순서란 게 있니?"

"계단 같은 거야. 차곡차곡 밟으면서 나가야 단단해지는 게 연애야. 요즘 드라마 보면 앞뒤 잘라먹고서 껴안기부터 시작한다고 우리 엄마가 상놈의 새……."

너무 여과 없이 말하고 있는 듯했다.

"……저질인 데다 마음도 빨리 식는다고 그러셨어."

"길쿠나. 사람 마음이라는 게 농사 같은 거구나. 물 대고, 모심고, 피 뽑아주고, 추수하는 것처럼 기다리면서 순서대로 가는 기구나."

"근데 너 영영 북한을 떠난 거 아냐? 돌아갈 생각이 있는 거야?"

"내래 새지 않니? 기회가 되면 날아가서 먼발치에서라도 얼굴은 볼 수 있지 않갔어. 말을 전할 수 있는 방법을 찾으면 미안하다는 말도 할 수 있는 거이고."

214

"아, 이 몸으로 날아가서 네가 너라는 걸 알리고 키이수를 한다? 새 부리로?"

섬은 생각나는 대로 한 말이었지만 길영은 화색을 띠며 되물었다.

"부리인 채로 사람이랑 키이수가 가능하갔어?"

"정말 하려고?"

"지금까지 내 말을 농으로 들은 거간?"

"아니, 그건 이렇게까지 진심인 줄은 몰랐지. 근데 입을 맞췄는데 왜 키이수를 하려고 해?"

"가가 남조선에서 연애할 때는 남자들이 다들 그렇게 한다고 해서리."

이 대목에서 섬은 할 말을 잃었다. 남한 드라마가 전 세계 여성들에게 판타지를 심어준 걸 넘어서서 이제는 북한 청소년 들에게까지 이렇게 큰 파급효과를 미치다니.

"그다음을 어찌해야 할지 모르갔어. 가도 처음이고 나도 처음이라 서툴기만 해서리. 뽀뽀 다음이라는데, 가는 그걸 기대하고 있을 텐데."

서툴고 풋풋한 게 첫 연애고, 어찌할 바 모르는 그게 좋은 건데. 난 부모님이 지어주신 섬이라는 이름을 가지고도 그 흔한 썸 한번 못 타봤는데.

섬은 목구멍까지 올라온 말은 하지 않았다. 대신 오랜 고민

끝에 말했다.

"……사람은 눈빛과 눈빛이 스치고, 눈동자와 눈동자가 만나고, 마음과 마음이 만나고, 손을 잡고, 그다음에 입술과 입술이 만나. 이 순서대로 하나하나 다 합친 게 키이수야."

사실 이 대답은 초등학교 1학년 때 엄마가 섬에게 들려준 이야기였다. 어린 섬이 키스에 대해 물었을 때 엄마는 웃으며 한참 동안 생각에 잠겼다가 이렇게 멋진 대답을 해주었다.

보이지 않았지만 길영의 얼굴에 복숭앗빛 화색이 감도는 것 같았다.

"아, 키이수란 게 한 묶음짜리구나."

그래, 되기만 한다면.

섬은 제 처지가 서글퍼 마지막 말을 삼켰다. 부모님도 안 계시고 정처 없이 떠돌아다니는 꽃제비 길영조차 인생을 저렇게 낭만적으로 사는데, 기회가 넘쳐나는 남한에서 모태 솔로로 살고 있는 자신은 무엇인가. 왜 자신은 지금까지 키스는커녕 제대로 된 뽀뽀조차 하지 못했을까 하는 자괴감이 밀려들었다.

"기왕지사 몇 가지 더 물어보고 싶은데, 해로운 축제라는 건 대체 뭐이가?"

"해로운 축제?"

"남조선에서는 귀신 탈을 뒤집어쓰고 얼굴에 분칠하고 집마다 쵸콜레트나 기름사탕(캐러멜) 동냥을 다닌다고 하던데."

"아, 핼러윈 축제."

"그딴 해괴한 놀이를 축제라고 노는 기야?"

"뭐, 수입 문화인 거지. 외국에서는 10월 마지막 날에 죽은 사람의 혼이 찾아온다고 믿어. 그 혼들이 해코지하지 못하도록 죽은 사람으로 착각하게 꾸미는 거야. 그날은 죽은 이들을 위한 날이거든."

"야, 남조선은 미제 놈들 조상 제사도 같이 지내주고 아량이 좋구나야."

듣고 보니 틀린 말이 아니라 섬은 자기도 모르게 웃음이 났다.

그 후로도 길영은 섬을 졸졸 쫓아다니며 남조선에 관한 이모저모를 꼬치꼬치 물어봤다. 그런데 들으면 들을수록 길영의 표현이 창의적이고 웃겼다.

"머리에 혁명적으로다 염색물을 들이고 전기 고문 당하는 춤을 추는 어린 노래꾼들이 돈을 엄청 많이 번다고 들었는데 그거이 사실이간?"

이런 식으로 아이돌 가수에 관해 물어보는가 하면,

"손전화를 2년 쓰면 끼우는 손톱 하나만 빼서 새것에다 끼우고 쓰던 손전화는 옷보(옷장)에 처박아 둔다는 말도 사실이가?"

휴대전화의 2년 약정 폐단을 이렇게 말하기도 했다.

한번 말을 트기 시작하자 길영은 섬에게 스스럼없이 다가

왔다. 남조선 사람이라 껄끄러워하는 길애와 달리 동년배인 길영은 섬을 새로 사귄 친구처럼 친근하게 대했다. 또래 남자라 그런지 둘은 대화가 잘 통했다.

학교에서는 같은 게임을 하거나 같은 운동을 하지 않으면 서로 대화를 할 일이 없는데 참 이상했다. 설악산 꼭대기에서 완전히 다른 체제에서 살아온 남한 청소년과 북한 청소년 둘이 이렇게 흉금을 터놓고 대화를 나눈다는 게 낯설고도 신기했다.

반면 길애는 여전히 섬과 일정한 거리를 유지했다. 섬에게 먼저 말 한마디 건네지 않았고 다가오지도 않았다. 매일매일 가까워지는 두 사람을 그저 바라만 보았다.

처음에는 섬을 꺼리나 싶었지만, 자세히 보니 징징거리는 어린 동생을 어린이집에 맡기기라도 한 듯 속 시원히 돌아서는 것 같았다. 길애는 늘 무리 없이 혼자 있는 길영이 걱정됐다. 그런데 함께 있을 동무가 있다면 그게 남조선 사람이든 북조선 사람이든 무슨 상관인가 싶어졌다. 오히려 둘이 함께 있으면 이상하게도 안심이 되어 믿고 돌아설 수 있었다.

그건 섬이 두 사람을 큰부리까마귀로부터 구해줘서가 아니었다. 좀 더 본능에 가까운 느낌이었다. 꽃제비 생활을 하면서 누구보다 사람에 대한 경계심이 강했던 길애에게 섬이란 아이는 닫힌 마음을 무장 해제시키는 구석이 있었다.

길영에게 전기 고문 당하는 것 같은 춤사위를 가르쳐주거나 말을 속사포처럼 빨리 하는 걸 노래랍시고 가르쳐주는 모습을 보면 영락없이 치기 넘치는 또래 남자아이의 모습이었다. 자신들과 다를 바 없는, 특히 길영과는 오랜 친구처럼 죽이 잘 맞았다. 길영이 크게 웃는 모습을 다시 보게 된 것에 마음이 놓였다.

그리고 길애는 이제 오랫동안 혼자 결심했던 일을 해보고 싶었다.

동생이 새가 되어 친구를 사귀고 자유를 누리는 동안 길애는 새가 된 능력을 다른 곳에 발휘할 생각이었다. 하루아침에 집이 풍비박산 나고 길거리로 내몰렸지만 길애는 항간에 들리는 소문을 알았다.

아버지가 정치범 교화소로 유명한 요덕 제15호 관리소나 개천 제14호 관리소로 끌려갔다는 것을. 어른들은 교화소의 실태를 말해주지 않았지만 그들이 쉬쉬했던 이야기는 당 간부 집 아이들을 통해 전해졌다.

수용 인원이 5만 명에 달하는 이 관리소는 사상범만 해도 수만 명이 갇혀 있다고 했다. 그들의 삶은 일반 북한 주민들의 삶보다 더 처참해서 인권은커녕 극한의 생존 환경에 내몰리는 경우가 많다고 했다.

동네 아이 중 아버지가 보위부 출신인 아이가 말했다.

"우리 아바이가 그러는데 너네 아바이는 석방될 수 있는 혁명화 구역이 아닌 종신토록 가둬지는 완전 통제 구역에 갔을 거라고 기러더라. 들어가면 얼마 못 가 죽는 일밖에 없다질 않아."

아무도 하지 않는 이야기를 말해준 또 다른 사람은 장철주 동무였다. 길영은 그에게 요덕 제15호 관리소에 대해 물었다.

"아버지가 거기 있다면, 사상 교육만 잘 받으면 나오실 수 있디요? 그렇디요?"

"……길애야."

철주는 주변을 돌아보며 목소리를 낮췄다.

"완전 통제 구역인 종신 관리소에서는 김일성, 김정일에 대한 우상화 교육을 하지 않아. 그 말은……."

장철주가 길애를 배려해 차마 하지 못한 나머지 말을 알 것 같았다. 완전 통제 구역은 '절대 나올 수 없는 곳'이기 때문에 그 어떤 교화도 이뤄지지 않는 것이다. 그 말 한마디에 길애의 모든 희망이 사라져 버렸다.

그것은 친척들이 길애네 가족을 없는 사람 취급한 이유이기도 했다. 모두가 아버지가 죽었다고 말한 그날 이후로 길애는 헛된 희망을 버렸다. 동생 길영과 살아남기 위해 아버지를 잊고 살아왔다. 당장 먹을 것이 없어 굶어 죽을 처지니 길영부터 챙기는 것이 먼저였다. 그러나 마음 한편에서는 관리소에

간힌 채 죽어가는 아버지를 외면한 일이 늘 가시처럼 걸려 있었다.

섬이 새벽녘 숙소에서 올라와 길영을 만나면 길애는 사라졌다가 한밤중이 다 되어서 돌아오기 시작했다. 어딜 가는지, 무얼 하는지 일절 설명이 없었다.

"만날 어딜 기래 쏘다니는 기야? 숨겨놓은 잣까마귀 수놈이라도 만나러 다니는 기야?"

"쓸데없는 소리 말고 깃털 고르고 잠이나 자라."

그러나 길애의 비밀 비행은 계속되었다. 곤죽이 되어 돌아온 다음 날이면 나뭇가지에 앉아 꼼짝도 하지 않고 잠을 자기만 했다.

어딜 다녀왔냐 물어도 묵묵부답이었다. 그러던 어느 날 길애는 나흘 동안이나 종적을 감추었다가 기진맥진한 몰골로 돌아왔다. 가지에 앉자마자 기절해 버린 길애의 곁을 두 잣까마귀가 지켰다.

한참 만에야 깨어난 길애를 보고 참다못한 길영이 소리쳤다.

"아니, 말도 없이 사라졌다가 이런 몰골로 돌아와 사람 심장을 쿵 떨어뜨리는 일이 어디 있어? 도대체 어딜 나다니기에 기러는 기야?"

"……"

길애는 대답이 없었다.

"……혹시 평성에 갔던 기야?"

"아니야."

"기럼 어딜 다녀온 거이가?"

"……"

"정말 아무 말도 안 할 거이가?"

"……요덕을 다녀왔어."

그 말이 무슨 뜻인지 모르는 섬과 달리 길영은 그 자리에 얼음처럼 굳어버렸다.

"누나 미쳤더랬어? 거기가 어디라고 간 기야? 잡히면 총살인 거 모르간?"

"새를 잡다가 총살할 사람이 어디 있갔어? 본다고 우리가 사람인 줄이나 알고?"

"제아무리 사내번지기(성질이 남자처럼 괄괄한 여자) 같은 누나라지만 어찌 그리 간이 크네? 잡아먹히기라도 하면 어쩌려고?"

"기렇더라. 뱀도 쥐도 보이는 대로 잡아먹는다는 말이 참말이긴 하더라. 혁명화 구역 너머 완전 통제 구역을 봤는데 거기는 피골이 상접하다 못해 죽기 일보 직전인 사람들이 넘쳐나더구나."

잠자코 듣고만 있던 섬이 조심스레 물었다.

"혹시 요덕이란 데가 수용소 같은 데야?"

"기래. 남조선에서 정치범 수용소라고 한다는 곳. 평양을 떠나기 전에 아바디 친구가 보위부에 용케 알아봐 주셨디. 15호에 우리 아바디가 계시다는 걸. 그 15호가 요덕 관리소란 곳이디. 기런 데 끌려가면 죽은 목숨이니 잊고 살라는 말을 했어. 너희는 너희대로 살아남아라, 이 말을 당부했디. 그리고 나는 아바디를 기억 속에서 밀어냈어. 길영이랑 살아야 할 오늘도 캄캄한데 더 캄캄한 지옥에 있는 아바디까지 생각할 겨를이 없었어."

"……누나가 길케까지 생각할 줄은 몰랐어."

"긴데 말이야. 사람이 배에 기름기가 돌고 살이 오르고 오늘 말고 내일을 생각할 수 있게 되니까 문득 생각이 나는 기야. 아바디가 있었구나. 내래 아바디를 까마득하게 잊고 살았구나. 사람 가죽이 아니라 철면피를 쓰고 산 거디."

"왜 그런 위험한 일을 혼자 한 거이야?"

"너까지 위험하게 할 수는 없지 않아."

"만약 아바디를 못 찾으면 어쩌려고 그런 거간."

"열에 아홉은 그럴 거라고 마음을 내려놓고 간 거이야. 없을 거다, 시체도 찾지 못할 거다, 이름 석 자도 듣지 못할 거다. 그거라도 확인하고 와야 마음을 접을 거니."

"기래서 마음이 편해진 거간?"

그 대목에서 길애는 말을 잇지 못했다. 하루 종일 관리소 안을 찾았지만 아버지를 닮은 사람조차 보이지 않았다. 이틀을 허비하고 돌아가려는 찰나 공사장 벽돌을 나르는 일꾼 하나가 눈에 들어왔다. 감시가 너무 심해서 가까이 다가갈 수는 없었으나 이상하게도 눈길이 갔다.

그러나 너무 앙상하고 머리카락마저 없어서 아버지일 것이란 확신이 서질 않았다. 피골이 상접하여 얼굴은 해골에 가까웠고 뼈만 남은 몸에 거죽에 가까운 죄수복을 입고 있었다. 아무리 봐도 아버지가 아닌 것 같은데, 한편으로는 또 다른 마음이 발걸음을 떼지 못하게 만들었다. 아버지이길 바라면서도 아니었으면 하는 두 마음이 뒤엉켜 서글픈 울음소리가 새어 나왔다.

남자가 길애를 힘없이 올려다보더니 말했다.

"……니래 귀한 잣까마귀구나."

그 한마디에 모든 것이 확실해졌다.

초췌한 모습이어도 바뀌지 않은 아버지의 목소리에 길애는 자기도 모르게 눈물이 터져 나왔다. 차마 그 모습을 보일 수 없어 아무 말도 전하지 못하고 돌아섰다.

길영을 만나기 위해 금강산을 넘어서 돌아오는 길에 길애는 생각했다. 사람답게 잘 산다는 게 뭘까. 어찌 살아야 후회 없이 잘 살 수 있을까. 단지 배부르고 등 따뜻히 살아간다면 그게 행복한 삶일까.

비로봉에 앉아 두 번째 계절인 여름을 나고 있는 봉래산을 바라보는 동안, 어지럽던 길애의 마음이 다음 계절로 들어섰다. 계절이 이렇게 돌고 돌아오듯 사람 사는 인생의 행복과 불행도 돌고 돌아오는 것이라 믿는다면, 나도 견디면 되겠구나.

"아바디를 본 순간 도망치지 않고 살고 싶어졌어……."

길애는 결연한 표정으로 길영을 바라보며 말을 이었다.

"나 점점 날개가 무거워지고 있어. 새가 되려고 했을 때 팔 아래가 가렵고 가벼워졌던 것 딱 반대로."

"누나, 설마 다시……."

"기래, 이달 안에 길케 되지 않을까 싶어. 기래서 결정을 해야 돼."

"어떻게 하려고?"

"시간이 많지 않아."

"또 혼자 뭘 어쩌려고 기래?"

"내래 먼저 북으로 갈 기야. 나는 사람으로 돌아가도 괜찮지만 꽃제비였던 니가 사람으로 돌아와 학교를 다니지 않고 있으면 곧 초모(군 입대 수속)에 동원될 거이 불 보듯 뻔하디. 못해도 8년을 군에서 보내게 될 테니 이래저래 나랑 생이별이나 마찬가지고. 기래서 길영이 너는 아직 시간이 있으니 남조선에 남는 게 좋을 것 같다. 좀 더 생각할 시간을 가지고 어디에 있을지 결정한 뒤에 올라와도 늦지 않디."

길애의 이야기를 들은 길영은 누나의 날개에 고개를 묻고 함께 울었다. 너무나 빨리 찾아온 이별이었다.

그날 밤, 섬은 오누이를 데리고 숙소로 내려와 그들에게 영양식을 먹이고 휴식을 취하도록 했다. 조그만 숙소 안의 조그만 새장 안으로 들어간 길애는 기절하듯 잠이 들었다.

새벽녘 깊은 잠에서 깨어난 길애는 조심스레 새장을 나와 열린 창틀 위에 앉았다. 밝은 반달이 떠 있었다. 그 곁에는 길영이 함께였다. 잠에서 깬 섬은 달을 보고 있는 오누이의 뒷모습을 보며 그들이 함께 떠나기로 했음을 알았다. 8년의 군 생활이 기다린다고 해도 기약 없는 이별 대신 함께할 이별을 택한 모양이었다.

"정말 갈 거야?"

"가야디."

"돌아가면 다시 꽃제비가 되는데도?"

"몸고생 없는 삶은 여기 있는데 마음고생 덜한 삶은 저쪽에 있디. 둘 다 겪어보니 가장 중요한 게 뭔지 알갔어. 아바디가 삶에서 가장 중요한 건 사람이라 캤어. '삶'은 '사람'을 줄여 쓴 말이랬고. 아바디도, 길영이를 기다리는 근영이도, 우리를 걱정하는 장철주 동무도 다 그곳에 있다면 우리가 어떤 삶을 살아야 할지 답이 나오지 않갔어. 안 기러니, 길영아?"

그 말에 길영이 얼굴을 붉히며 고개를 끄덕였다.

섬은 어제 길애가 부탁했던 도토리를 내밀었다. 시간이 많지 않아 급하게 조류과 선생님에게 부탁해 만든 것이었다. 북으로 돌아가서 도움이 되길 바라는 마음이었다.

"고맙다."

"가서 잘 살아……."

"겨울 개골산 다음이 봄 금강산이니까. 지금 힘들어도 좋은 날 오지 않갔어? 그런 날이 오면 우리는 금강산에서 만나는 기야."

통일이 되었을 때 다시 만나자는 뜻임을 안 섬은 그 기약 없는 약속에 힘차게 고개를 끄덕였다.

곁에 선 길영이 날개 하나를 내밀며 말했다.

"고마웠다. 남조선 아일랜드."

"…… 내 이름은 최섬이야."

"최섬, 멋진 이름이구나야. 안 기래도 우리는 남조선을 대륙과 떨어진 섬이라 불렀는데 너를 만나려고 기랬나 보다. 긴데 사실 우리는 반도국이지 않네? 통일되면 다시 만날 날이 올지 누가 알갔어. 참, 내래 나머지 잣알 100개를 대청봉 꼭대기 느릅나무 근처에 숨겼는데 그거이 어디냐면."

"말하지 마. 안 찾을 거야."

"왜?"

"네가 숨겨둔 잣알이 씨앗을 틔우고 자라서 나무가 되면 더 큰 잣나무가 될 테니까 기다릴게. 나중에 네가 직접 와서 보면 되잖아. 잣알 100개가 수십, 수백 그루의 나무가 되고 수천, 수만 개의 잣알이 되는 거."

"어이, 최섬 동무! 눈치 학원에서 엄청난 셈법도 가르치는 걸 보면 남조선 자본주의 세뇌가 기가 막히지만, 기래도 내래 태어나서 들은 말 중 제일로다 멋진 말이지 싶다."

그 말을 끝으로 남매는 길을 떠났다.

섬은 어둠 속으로 날아오르는 오누이의 모습을 지켜보았다. 서로 나머지 인사를 나누지 않은 까닭은 기약 없는 이별일 것 같아서였다.

또 보자. 잘 가. 다시 만나. 언제 한번…….

그 많은 작별 인사 중 세 사람에게 맞는 인사를 찾지 못해서이기도 했다.

대신 그리워했던 사람과 함께하는 멋진 삶을 살길. 섬은 마지막 인사를 그리 대신했다.

길애와 길영이 북으로 돌아간 뒤 하필 딱 그 시점에 뱀순은 사람이 되었다. 살이 쪘다고 걱정했던 것과는 달리 아주 날씬하고 예쁜 십 대 소녀로 돌아왔다. 뱀순을 데리러 온 소속사의 밴이 주차장에 들어서자 온갖 새들과 동물들이 창가에 모여 떠나는 뱀순을 지켜봤다.

뱀순은 떠나기 전 마지막으로 나무에 앉아 있는 섬을 올려다보았다. 따로 인사를 나누지 않았지만 두 사람은 한참 동안 서로를 바라보았다.

둘은 이미 서로 다른 언어를 쓰는 다른 세계의 존재가 되어 있었다. 그렇게 마지막 동물화 친구마저 떠나자 드넓은 설악산이 텅 빈 느낌이 들었다. 딱 두 마리의 새와 한 마리의 뱀이 사라졌는데 모든 것이 서글퍼졌다. 혹시나 남매가 돌아올까 봐 늘 북쪽 하늘을 바라보는 게 습관이 됐다.

그렇게 일주일이 흐르고, 섬은 답답한 마음에 창틀에 올라앉았는데 휴대전화의 알림이 켜졌다. 서울에 있는 친구 정훈에게서 온 문자였다.

> 섬, 나 동물화됐어.
> 내일 제주로 내려가.

느닷없는 소식이었다.

섬이 부리로 물음표를 톡 찍어 전송하자 바로 읽음 표시로 바뀌었다. 그러나 한참을 기다려도 답장이 오지 않았다. 답답한 섬이 일명 부리 타법으로 자판 하나하나를 찍어 장문의 문자를 썼다.

> 무슨 동물? 웬 제주?

> 말해, 정훈.

문자 쓰는 데 천만년 걸리냐?

생각해 보니 원숭이가 아닌 이상 동물화됐다는 애가 문자를 보내는 게 말이 되지 않았다. 설마 또 녀석의 짓궂은 장난일까 싶어 문자를 쓰려는데 답장이 왔다.

섬아, 우리 정훈이 해파리 됐어.
안정제를 너무 먹어서 지금 자고 있어.
내일 제주 바다로 보낼 거야.

정훈 엄마의 문자였다.

해파리요?

네가 있는 특수 동물화 캠프도 알아봤는데,
아직 해파리로 변한 애는 없다는구나.
그래서 제주로 보내기로 했어.

이로써 섬이 설악산을 떠나야 할 두 가지 이유가 확실해졌다.
신경안정제를 과다 복용한 친구를 구하기 위해, 다른 하나는 캠프에 외로이 남은 자기 자신을 구하기 위해.

    청해가 씨돌이를 다시 만난 건 그 사건이 있고 몇 주 후였
다. 어느 정도 바다 생활이 적응된 뒤라 연안을 벗어나는 데
거리낌이 없어져 멀리까지 헤엄쳐 나왔는데, 하필이면 바로
그날 씨돌이를 보게 된 것이다.

    그러나 이번에는 씨돌이가 청해를 피해 도망쳤다. 눈이 마
주치기도 전에 씨돌이는 청해를 한눈에 알아보고는 달아났다.

    살짝 기분이 묘했다. 저렇게까지 매정하게 돌아서다니. 기
분이 상했다면 미안하지만 다가가기도 전에 도망치자 서운한
마음이 들 정도였다.

    그런데 무리에서 이탈해 도망가는 모습이 조금 이상했다.
청해는 자기도 모르게 씨돌이를 쫓아갔다.

한참을 쫓고 쫓기는 숨바꼭질을 하다가 돌섬 인근에 다다라서야 청해는 겨우 씨돌이를 따라잡았다. 씨돌이의 등지느러미 뒷부분부터 꼬리까지 커다란 그물이 칭칭 감겨 있는 모습이 보였다. 낚시꾼들이 함부로 바다에 버리는 접이식 낚시 그물인 걸 보니 사람 가까이 다가갔다가 봉변을 당한 듯했다.

청해가 어찌할 바를 몰라 하는 사이 뒤쫓아 온 다른 돌고래 두 마리가 씨돌이를 몸으로 받쳐 밀어 올렸다. 꼬리에 감긴 그물 때문에 제대로 헤엄칠 수 없는 씨돌이를 동료들이 밀어 올려 숨 쉴 수 있게 해주려는 모양이었다.

폐호흡을 하는 돌고래는 몇 분에 한 번씩 물 위로 올라 숨을 쉬어야 한다는 자명한 사실을 정작 돌고래인 청해가 잊고 있었다. 가라앉는 씨돌이를 보고도 아무것도 하지 못한 청해에게, 씨돌이는 아무 말도 하지 않았다. 어쩌면 이런 자신의 모습을 보여주기 싫어서 도망쳤던 게 아닐까.

그러나 이번에는 청해가 도망치지 않았다. 씨돌이가 그랬듯 두려움 속에 있을 씨돌이를 위해 거리를 두고 씨돌이와 친구들의 뒤를 따랐다. 가끔 두 친구가 지쳐 보일 때면 그들을 대신해 청해가 힘껏 씨돌이를 밀어 올렸다.

그러나 시간이 지날수록 지느러미에 감긴 그물이 더 몸을 옥죄여 씨돌이의 움직임이 더뎌지고 있었다. 가라앉는 씨돌이를 수면 위로 끌어 올린다고 해도 며칠을 더 버틸 수 있을지

장담할 수 없었다.

씨돌이의 몸에 휘감긴 그물을 볼 때마다 청해는 마음이 칼로 도려낸 듯 아려왔다. 사람을 믿고, 사람에게 가까이 다가가게 만든 것이 자기인 것 같아 죄책감이 들었다. 아무렇지 않게 바다에 쓰레기를 버리고 선크림을 바른 채 바닷물에 들어왔던 지난날의 자신이 너무나 미웠다. 짧은 주둥이로 씨돌이의 지느러미를 죄고 있는 그물을 끊어내려 몇 번을 시도했으나 소용없었다.

헤엄을 치면 칠수록 그물이 몸을 감아 씨돌이는 고통 속에 몸부림쳤다. 어선 가까이에 씨돌이를 데리고 가려고 했지만 씨돌이는 한사코 거부했다. 아마 배 근처에서 그물에 걸렸던 기억 때문인 듯했다. 그러나 사람의 도움을 받지 못하면 씨돌이의 몸을 옥죄는 그물을 끊는 것은 불가능했다.

한번은 해안가 근처에서 잠수하는 잠수부에게 온갖 사인을 보내 씨돌이가 있는 곳까지 데리고 오는 데 성공했다. 그렇지만 하필 그때 조류가 바뀌어 잠수부는 다시 뭍으로 돌아가야 했다. 해볼 수 있는 모든 방법이 막히자 청해는 눈앞이 캄캄해졌다.

청해는 이내 마음을 다잡고 씨돌이와 친구들을 원담으로 데리고 왔다. 씨돌이는 원담에 몸을 숨긴 채로 쉬면서 청해가 물어다 주는 오징어와 작은 물고기를 먹으며 조여오는 그물의 고통을 인내했다.

조금이라도 더 좋은 먹이를 찾으러 원담 주변을 돌고 있는데 느닷없이 사람 목소리가 들렸다.

"네 몸의 좋은 점을 생각해 봐."

"나한테 좋은 점이 있기는 해?"

"호흡기관 없지, 순환기관 없지, 소화기관도 없어 몸 구조가 단순하지. 그냥 강장에 다 때려 넣으면 그곳에서 소화도 돼, 호흡도 돼. 한 번에 다 되는 올인원 시스템이라잖아."

"야, 내가 다세포동물 가운데 가장 하등한 동물이라며? 이제 와서 올인원 시스템? 지금 나 놀리는 거야?"

"넌 물고기들과 달리 용존산소량이 4분의 1로 줄어들어도 살 수 있다잖아. 지구온난화가 해파리에게 더할 나위 없이 좋은 환경이라는데 뭘 그렇게 까다롭게 구냐."

둘의 대화를 가만히 엿듣던 청해는 해안가 바위 위에 앉아 있는 새와 해파리가 친구 사이이며 동물화된 사람이라는 사실을 눈치챘다.

진짜 사람은 아니지만 동물화된 사람을 만난 것이 반가웠다. 자신은 물 밖으로 한 발짝도 나갈 수 없지만 저 새는 다르다. 막막했던 동굴에 한 줄기 빛이 들어오는 것 같았다.

청해는 그들 앞으로 나아갔다. 그리고 말을 건네려는 바로 그 순간, 해파리의 몸이 두둥실 하늘로 떠올랐다. 떠올랐다기보다 누군가에 의해 공처럼 내던져졌다는 표현이 옳았다. 해파리를 공처럼 던진 것은 원담 주변에서 씨돌이를 돌보던 다른 돌고래 친구들이었다.

놀란 청해가 소리쳤다.

"안 돼!"

그러나 돌고래들은 청해의 말을 알아듣지 못했다. 그들은 계속 해파리를 청해 쪽으로 던졌다.

"아이고, 사람 죽어! 섬아, 나 좀 살려줘."

바로 그 순간 돌섬에 앉아 있던 새가 날아들어 다른 돌고래들을 공격하기 시작했다. 새가 아무 이유 없이 돌고래를 공격하는 건 있을 수 없는 일이었다. 당황한 돌고래들이 삐익, 초음파를 쏘며 먼바다로 사라지자 그 새는 남아 있던 청해를 공격하기 시작했다.

'아니, 아니…… 아니!'

그러나 어찌 된 일인지 청해의 입에서는 사람의 목소리가 아닌 돌고래의 초음파만이 발사될 뿐이었다. 머릿속 멜론에서 나오는 모든 소리가 돌고래의 목소리였다.

청해는 자신이 이제껏 씨돌이와 인간의 언어로 대화했다고 생각했지만 실상은 인간의 언어를 잊어가고 있었던 모양이다. 다른 외국어를 배운 뒤 겪게 되는 모국어 퇴행이었다.

잣까마귀 섬은 해파리 정훈을 지키기 위해 필사적이었다.

할 수 없이 청해는 깊은 바다로 돌아가 모습을 감추어야 했다.

"저 돌고래가 미쳤나 봐."

"나 어디선가 들은 거 같아. 돌고래가 해파리를 공처럼 가지고 논다고."

"뭐, 공? 쟤네 정말 미친 거 아니야?"

"먹는 게 아니고 서로 공생한다고 했어. 근데 넌 진짜 해파리가 아니니까 뜯어말린 거야."

"방금 쟤네가 날 던지고 논 게 네 눈에는 공생관계 같아 보여?"

"돌고래가 던져주면 해파리는 깊은 물속으로 가라앉으면서 촉수에 걸린 애들을 손쉽게 먹이로 삼는다더라."

"나 그냥 집 안 수조로 돌아가는 게 나을지도 모르겠다."

"언제는 답답해서 미칠 것 같다며. 죽을 것 같다며?"

"그때는…… 그 세상이 전부처럼 보였지. 엄마가 하는 말이 다 뭘 모르고 하는 소리로만 들렸고."

해파리로 변한 정훈을 위해 설악산을 떠나 제주까지 따라온 섬은 지금 이 상황이 혼란스러웠다. 반면에 청해는 새에게 공격당해 바다로 내몰린 지금이 황당하기 그지없었다. 돌고래 친구들까지 보이지 않아 덜컥 겁이 났다. 그들이 없다면 씨돌이는 죽은 목숨이나 다름없었다.

청해는 수면 위로 올라와 목이 터져라 씨돌이의 이름을 불렀다.

"씨돌아! 씨돌아!"

바닷속으로 잠수해 물 밑에 씨돌이가 숨어 있는지 살펴보았지만 그곳에도 없었다.

"씨돌아, 씨돌아!"

목이 터질 듯이 외치는 소리를 그 누구도 들을 수 없지만 청해는 목 놓아 씨돌이를 불렀다. 바로 그 순간, 가까운 곳에서 새의 날갯짓이 들렸다. 고개를 들어 하늘을 보니 돌고래들을 공격했던 그 새가 청해를 내려다보고 있었다.

청해는 놀라 숨을 참고 물속으로 도망가려 했다. 그러나 물속에서는 해파리가 느릿느릿 청해에게 다가오고 있었다. 해파리는 촉수를 흐느적거리며 말했다.

"뭐야, 너 동물화된 사람이었어?"

청해가 고개를 끄덕이자 해파리가 전기에 감전된 듯 촉수를 부르르 떨며 뒤로 밀려났다. 사실 놀랍기로 따지자면 해파리가 된 사람이 더 놀랍지 않나 싶었지만, 이미 돔 오누이도 만나본 처지에 해파리로 변한 게 대수랴 싶었다.

"너 방금 씨돌이라고 부른 거 맞지?"

청해는 말을 하려고 했지만 이상하게도 초음파만이 새어 나왔다.

"너 사람 말 못 해? 잊었어?"

얼마 전만 해도 단어를 잊어가던 돌돔이 웃기다고 생각했었는데, 정작 청해 역시 사람 말을 잊은 것이다.

"알았어. 그럼 고개만 끄덕여. 그건 괜찮지?"

청해가 고개를 끄덕이자 해파리가 다가왔다.

"혹시 그물에 감긴 돌고래가 씨돌이야?"

'맞아!'

삐이이, 새된 주파수가 '그렇다'는 의미임을 알아차린 해파리 정훈이 또다시 물었다.

"걔 너 친구지? 근데 걔도 사람이야?"

청해는 고개를 끄덕이다 모로 저었다. 친구는 맞지만 사람은 아니라는 뜻이었다. 해파리 정훈은 고개를 까딱거리며 아리송해했다.

"응? 반은 맞고 반은 아니라고?"

"질문이 두 개였잖아! 친구는 맞는데 사람은 아니라는 거지."

청해가 격하게 고개를 끄덕이며 지느러미를 파닥이자 돌섬에 앉아 있던 섬이 정훈에게 핀잔을 주듯 말했다.

"그러니까 네가 자포동물이 된 거야. 이렇게 쉬운 것도 단번에 소화시키지 못하니까."

"언제는 다 때려 넣고 소화시킨다며!"

보고 있던 청해는 또다시 가슴이 답답해져 왔다. 돌돔과 감성돔 오누이가 티격태격하는 모습을 또 보게 된 것만 같았다. 그러나 지금은 씨돌이를 찾는 것이 급선무였다.

청해가 둘 사이를 가로막고 고주파를 발사하자 놀란 해파리가 파드득거렸다.

"아, 뭐야! 사람 놀라게."

"너 지금 씨돌이라는 네 친구 때문에 그러는 거지?"

청해가 고개를 끄덕이자 잣까마귀 섬이 날개를 펼치며 말했다.

"돌섬 돌아 나오는 길목에 있어. 안전한 곳에서 쉬고 있으니까 정훈이, 아니 저 해파리 따라서 오면 돼."

그 말을 마친 새는 하늘로 날아가 버렸다. 청해는 흐느적거리며 헤엄치는 해파리를 쫓았다. 굼벵이 같은 해파리를 공처럼 던져버리고서 빠르게 나아가고 싶었다. 저 속도로 어느 천년에 섬의 반대편으로 갈까. 느릿느릿 나아가는 녀석을 보고 있자니 조바심이 났다.

그러나 조류의 방향이 바뀌자 해파리는 저항 한번 못 하고 물살에 떠밀려 반대편으로 흘러가기 시작했다. 넋 놓고 있다가는 올해 안에 섬 반대편 구경도 못 하지 싶어 청해는 마지막 방법을 써야만 했다.

같은 시각, 돌섬 반대편에서 씨돌이의 몸에 감긴 그물을 부리로 끊고 있던 섬은 아무리 기다려도 두 사람이 오지 않자 슬슬 걱정되기 시작했다. 또 돌고래 무리를 만났을까. 설마 이

길지도 않은 물길을 잃어버린 걸까.

별의별 생각을 하며 바다를 내다보고 있는데 저 멀리 돌고래가 다가오는 것이 보였다. 돌고래는 정훈을 공처럼 하늘 높이 던지고 물살을 헤치며 오고 있었다. 어이없는 광경에 할 말을 잃은 찰나, 정훈의 깔깔거리는 웃음소리가 들렸다.

"더 높이 던져줘. 더 높이!"

이 상황을 즐기고 있는 건 돌고래가 아닌 정훈이었다.

"오케이, 나 촉수에 뭐가 많이 걸린 것 같아. 근데 이거 되게 맛있다!"

정훈은 던져졌다가 가라앉는 동안 자기 촉수에 걸린 플랑크톤들을 힘 하나 들이지 않고서 배불리 먹고 있었다. 돌고래 청해 입장에서는 느려터진 해파리를 빠르게 이동시키기 위함이었지만 그 덕에 정훈은 오랜만에 포식할 수 있었다.

"뭐 해? 빨리 안 오고."

"미안. 식사 좀 하고 오느라. 근데 씨돌이 그물은 풀었어?"

"아니, 꼼짝을 안 해. 몇 겹이나 꼬여 있어서 부리로 끊기는 힘들 것 같아."

"그럼 어떡하지?"

"아빠한테 말씀드려야지."

그때까지 씨돌이가 버틸 수 있을까. 그물이 지느러미 쪽을 꽉 묶어 헤엄칠 수 없다는 게 가장 큰 문제였다. 지금까지 녀석이 살아 있는 건 사람 말을 잊어가는 이 동물화된 아이 덕분이었다. 다른 돌고래들도 가라앉는 씨돌이를 필사적으로 끌어 올리며 섬으로 데리고 오려 노력한 이유를 알 것 같았다.

'가만히 있으면 동굴이지만 움직이면 터널이 된다.'

조류과 선생님이 동물화가 되지 않아 낙담한 섬에게 해준 말이었다. 힘들수록 움직이고 생각하라고, 부딪치며 나아가다 보면 언젠가 빛이 보이게 되고 그 빛이 나갈 수 있는 또 다른 출구가 될 것이라고 했다. 그게 동굴과 터널의 차이라 했다.

"정훈아. 씨돌이랑 이 돌고래랑 같이 있어. 내가 돌아가서 방법을 찾아볼게."

"너 어디 가려고?"

"안 되면 서울까지라도 날아가야지."

"섬아, 너 설악산에서 여기까지 오느라 지쳤잖아. 괜찮겠어?"

섬은 대답 없이 하늘로 사라져 버렸다. 잠시 후 흩어졌던 다른 돌고래 두 마리가 돌아왔다. 그들은 친구인 씨돌이를 버리지 않았다.

두 돌고래가 씨돌이를 교대로 물 위로 끌어 올려 숨을 쉴 수 있게 해주는 동안 청해는 자신이 무엇을 해야 할지 생각했다.

바로 그 순간 저 멀리 강렬한 주황색을 띤 테왁이 눈에 들어왔다. 저 테왁이 가까이 있다는 건 지금 이 순간 가장 필요한 '그 사람'이 가까이 있다는 뜻이었다. 청해는 씨돌이를 친구들에게 맡기고서 바다로 향했다.

물 위에 떠 있는 테왁 아래에는 해녀 대여섯 명이 전복과 소라를 채집 중이었다. 청해는 그들 중 한 명에게 다가갔다. 돌고래가 사람 가까이 다가오는 건 흔한 일이지만 테왁을 머리로 들이받으며 줄을 잡아당기는 건 희한한 일이었다. 물 위로 올라온 해녀 하나가 청해를 유심히 살펴보며 동료들에게 말했다.

"형님들, 봅서. 이 곰새기(돌고래)가 하는 짓이 예사롭지 않수다."

"기여. 저디 오라시냐(그래, 저기 오라고 하는데)?"

"놈덜(남들) 웃수다."

"아무래도 뭔 사연이 있나 보게."

"무사?"

"나머지는 일들 보고 영애 너는 나랑 얘를 따라가 보자. 곰새기 너이 앞장서게. 어드레 감디(어디로 갈까)?"

제일 나이 많은 고참으로 보이는 해녀 할머니가 청해에게 말을 걸었다. 마치 청해가 자신의 말을 알아듣는 걸 알기라도 하는 듯 청해의 눈을 바라보며 묻고 있었다.

청해는 삐이이, 고주파 음을 내며 테왁을 머리로 당겼다.

"헤엄치는 거 걱정 말고 재개재개(빨리빨리) 앞장서게."

청해는 할머니가 잘 따라오는지 뒤를 돌아보며 씨돌이가

있는 돌섬으로 향했다. 테왁을 붙잡은 할머니 둘이 청해를 쫓아 돌섬 주변에 다다르자 다른 두 마리 돌고래가 삐이이, 경계음을 냈다.

청해는 곧장 씨돌이에게 가 말했다.

"널 도와주려는 분들이야. 겁먹지 말고 믿고 맡겨봐."

사람의 말이든 고주파든 씨돌이는 청해의 말을 다 알 수 없었지만, 그 안에 담긴 마음은 이해하는 듯했다. 돌섬 근처로 오고서야 씨돌이의 상황을 알게 된 두 해녀 할머니는 안타까워하며 그물 이곳저곳을 살폈다.

"아이구멍아, 낚시꾼 그물에 걸렸쿠나. 헤엄도 못 치고 죽을 지경인데 요망진 친구들이 살려준 거 가트다."

"형님, 경하면 어찌하우꽈?"

"정게 호미 있는가? 날이 바짝 선 걸로 갖고 옵서."

"호맹이(성게나 문어 등을 잡을 때 해녀들이 쓰는 도구) 뾰족한 것은 있는데 날 선 것은 없주. 아즈망에게 가서 갖고 오카 마심(가지고 올까요)?"

"강 주랜 허라(가서 달라고 해라)."

두 해녀는 빌려 온 호맹이 두 개를 나눠 들고는 씨돌이 몸을 감은 그물을 자르기 시작했다. 물속에서 쓰던 것이라 날이 무뎌 두꺼운 그물은 쉽게 잘리지 않았다.

"재개재개. 호꼼이라도 제대로 잘라줘야 몸을 움직일 수 있주. 몬딱(모두) 잘라라."

"돌새기 너는 무신 거옌 고람 신디 몰르쿠게(돌고래 너는 뭐라고 말하는지 모르겠지)?"

"호곡 말곡(하고 말고). 이참에 돌새기헌티 사람 말을 호쏠 고리쳐 주젠(좀 가르쳐줄래)?"

"형님, 망사리에 전복 대신 그물 잡아가게 생겼싱게."

장장 수십 분간의 노력 끝에 씨돌이의 몸을 감싸고 있던 그물이 다 잘려 나갔다. 자유로워진 씨돌이는 삐이이, 소리를 내며 해녀들과 청해의 주변을 맴돌았다. 청해가 다가와 늙은 해녀에게 말했다.

"고맙습니다."

"친구 살리는 네 마음이 잘도 아깝다(매우 예쁘구나). 앞으로는 낚시꾼 그물에 가까이 가지 않도록 맹심허면 헤엄치라(조심하면서 수영하거라)."

"형님 폭싹 속았수다(정말 수고하셨습니다)."

"기여. 좋은게(그래. 좋다, 좋아)."

비록 두 해녀의 말을 알아들을 수 없었지만 청해는 그들의 진심을 느낄 수 있었다. 씨돌이 역시 말이 통하지 않아도 자신의 마음을 느낄 수 있을 것이란 생각이 들었다.

"예서 뭐 허맨(여기서 뭐 하니)? 몬딱 얼른 웃바당으로 돌아가라(모두 깊은 바다로 돌아가라)."

할머니들은 돌고래의 등을 한번 어루만져 주고 등을 힘껏 밀어 바다로 돌려보냈다. 씨돌이는 또 한 번 삐이이이, 높은 주파수를 내며 할머니들에게 인사를 건넸다.

삐이이이.

청해는 그 주파수를 기억해야겠다고 생각했다. 다시 사람으로 돌아가더라도, 돌고래의 모든 언어를 잊는다고 해도 저 주파수만큼은 기억하고 싶었다.

고맙습니다.

잊지 않을게요.

다시 만나요.

그 셋 중 무엇이든 좋은 마음을 담은 이야기라 생각했다.

바닷속에서 늘어져 있던 정훈은 테왁을 끌고 뭍으로 올라가는 해녀를 바라보며 말했다.

"저 할머니들이 도와줄 거란 걸 어떻게 알았어?"

여전히 청해는 사람 목소리가 나오지 않았다. 그러나 돌고래의 목소리로도 자신의 이야기를 전할 수 있을 것 같았다.

"우리 할머니도 그랬거든. 할머니도 해녀였어. 바다에서 물질하는 해녀나 돌고래나 모두 바다가 먹여 살리는 한식구나 다름없다고, 돕고 사는 존재라고 그랬거든."

"……뭐라고 하는지 모르겠지만, 해녀 할머니도 너도 씨돌이한테는 생명의 은인이네."

청해는 고개를 끄덕이다가 가로저었다. 청해의 입장에서 이 넓은 바다에서 돌고래로 살 수 있게 해준 씨돌이야말로 은인이었다. 씨돌이가 아니었다면 청해는 그 좁은 원담 안에서 넓은 세상을 알지도 못한 채로 있다가 다시 사람으로 돌아갔을 것이다.

청해는 씨돌이가 할머니들에게 보냈던 그 주파수를 씨돌에게 보냈다.

삐이이이.

청해의 주파수를 읽은 씨돌이가 물 밖으로 고개를 내밀고 답했다. 분명 처음 듣는 주파수였지만 청해는 그 의미를 알 수 있었다.

"고마워. 그리고 잊지 않을게."

너무나 선명하게 읽을 수 있는 씨돌이의 마음이었다. 그리고 그것이 씨돌이와 처음이자 마지막으로 나눈 대화였다.

에필로그 l

제주

바닷가 횟집 거리에는 수십 곳의 횟집이 성업 중이었다. 간간이 호객꾼들이 나와 관광객들을 불러 세웠지만 대부분 무심히 지나쳐 갔다.

오렌지색 테왁을 든 여자아이 둘이 젖은 머리를 털며 그 골목을 걸어가고 있었다. 몇 시간짜리 해녀 체험이었지만 체력이 고갈되어 힘이 다 빠진 상태였다. 직접 만든 기념품 테왁을 보물처럼 껴안고 지친 몸으로 부모님의 뒤를 따라 걷는 중이었다. 엄마 아빠는 활어를 구경하며 앞장서고 있었고, 작은 딸은 비척대며 느릿느릿 걸어가고 있었다. 그러다 큰딸이 한 횟집의 수조 앞에 발걸음을 멈췄다. 앞서가던 동생이 멈춘 언니를 돌아보며 물었다.

"왜?"

"횟집이네."

"여기 다 횟집이거든?"

"우리 오랜만에 회 먹을까?"

"오랜만이 아닐걸? 점심도 직접 잡은 전복, 소라 삶아 먹고 회덮밥 먹었는데."

"엄마, 아빠!"

큰딸의 부름에 앞서가던 부모가 발길을 멈추고 돌아봤다.

"아빠, 여기 어때?"

"대게 전문은 끝 집인데?"

"그냥 갑자기 회 먹고 싶어서."

"오늘 언니는 아주 바다를 통째로 먹을 생각인가 봐요."

"당신은 어때?"

"난 상관없어. 물에 들어갔다 나온 애들이 배가 고픈가 보지. 대게보다 매운탕거리 나오는 게 나을 수도 있고."

가족들은 즉석에서 저녁 메뉴를 바꿔 '중미횟집'이란 가게 안으로 발걸음을 옮겼다. 그리 큰 규모는 아니었지만 거의 만석으로 손님이 가득 차 있었다.

"어서 오세요."

"자리 있어요?"

"조금 기다리셔야 하는데, 괜찮으시겠어요?"

열대여섯 살로 보이는 남자 아르바이트생이 묻자 아빠는 눈으로 큰딸의 의중을 물었다. 큰딸은 기다리겠다는 뜻으로 고개를 끄덕였다.

출입문 근처 긴 벤치에 앉아 기다리는 동안 분주한 가게 안이 눈에 들어왔다. 바쁘게 움직이는 종업원들 사이에서 십 대 중반으로 보이는 남매도 부모님의 일을 돕고 있었다.

10여 분쯤 지나 4인 가족은 빈자리로 안내받았다. 온 가족이 메뉴판에 머리를 대고 고민하는 사이 큰딸의 시선은 줄곧 아르바이트 중인 두 아이에게로 향해 있었다. 싹싹하게 손님을 맞고 주문을 받기 위해 달려온 남자아이를 보고 아빠가 말했다.

"부모님 일 도와주는 모양이네."

"네, 주말에는 손님이 많아서요. 다 컸으니 도와드려야죠."

바로 그 순간 큰딸은 메뉴판을 보며 혼잣말을 내뱉었다.

"다 큰 건 맞지만 도저히 180은 아닌데."

혼잣말에 가족들의 시선이 자신에게로 쏠리자 큰딸은 다급하게 말을 돌렸다.

"이 광어 다 큰 대짜 같다고. 여기 모둠회에 도미도 있죠?"

"죄송하지만 저희는 도미는 취급하지 않습니다."

"어. 벽에는 광어, 우럭, 도미라고 쓰여 있던데."

큰딸은 그제야 메뉴판에서 두 줄로 그어진 도미 글자를 확인했다. 잘 보이지 않는 벽 메뉴판은 그대로였지만 책자 메뉴에는 확실히 도미가 빠져 있었다.

"흥, 도미는 안 하는데 매생이죽은 파네. 어이가 없어서."

"언니 도미 안 좋아하잖아."

"좋아해. 없어서 못 먹어."

"언니가 큰언니한테 갔다 오고 나서 입맛이 많이 바뀐 거 같아."

"그런가? 암튼 다녀온 뒤로 쫄깃쫄깃한 돔이 너무 좋더라고. 없으면 광어랑 우럭만 시키지 뭐."

메뉴를 받아 적던 아르바이트생은 딸만 셋인 부잣집인가 보다고 생각하며 말했다.

"지금 대방어 철이라 대방어도 좋은데 드셔보시겠어요?"

첫째로 보였던 둘째 딸이 고개를 끄덕이자 가족들도 도미 대신 대방어를 섞어 먹는 데 동의했다.

푸짐한 밑반찬이 날라지고 회가 나오고 매운탕이 차려지는 동안 둘째는 더 이상 아무 말도 하지 않았다. 반면에 미도는 그 여자아이에게 신경이 곤두섰다.

"오빠. 저 6번 테이블 여자애 좀 낯이 익지 않아?"

"글쎄, 난 모르겠는데. 서울서 온 손님 같은데 만나긴 어디서 만나. 자기 또래인데 횟집에서 일한다고 신기해서 쳐다보는 거겠지."

"쟤 좀 또라이 같아. 아까 기다릴 때 바깥 수조로 나가서 한참 동안 물고기들을 빤히 보다가 말을 붙이더라. 그리고 지가 도미 맛을 알아? 썰어놓으면 광어인지 도미인지도 모르면서 아는 척은."

"너 손님한테 함부로 말하지 마. 저 손님이 대방어랑 이것저것 다 시키는 바람에 테이블 매상 엄청 올려줬어."

"아, 묘하게 기분 나쁘단 말이야. 바라만 봐도 주눅이 들고 쉬 마렵고. 왜 이러지?"

"물고기 센서가 아직 남아 있나 보지. 아직도 덩치 큰 사람 보면 깜짝깜짝 놀라잖아. 괜한 생각 말고 6번 테이블에 서비스 안주 좀 더 챙겨드려."

"여어, 돌돔 오빠. 사람으로 돌아오고 좀 어른이 된 듯한 느낌이야. 진짜 횟집 후계자 같은 듬직함을 보이고 말이지."

"그 말이 나와서 말인데, 이제 슬슬 메뉴에 도미 넣는 게 어떨까? 너도 좀 어른스럽게 부모님을 도와드려야겠다는 생각이 안 들어? 도미 찾는 손님이 많은데 우리 가게만 도미를 안 파는 건 이상하잖아."

"난 싫어! 죽어도 싫어! 눈앞에서 도미 회 뜨는 모습을 지켜보라고? 오빠는 그 고생을 하고도 아무렇지 않아?"

"다 지난 일이잖아. 어차피 우리는 횟집을 한 덕에 도미가 됐던 거니까. 그리고 여긴 엄마, 아빠 사업장이야. 네 감정 만으로 뭘 결정해서는 안 되는 거라고."

둘은 여전히 아웅다웅하며 티격태격했지만 예전만큼 살벌한 사이는 아니었다. 오히려 함께 힘든 고비를 넘기고 조금 더서로를 배려하는 사이가 된 듯 보였다.

중미횟집의 저녁 시간이 눈코 뜰 새 없이 흘렀다. 끊임없이손님이 밀려들고 자리를 치우고 또 음식이 날라지는 바쁜 시간이 지나갔다. 손님이 빠지고 뒤늦게 테이블을 정리하고 있는데 미도가 오빠를 불렀다.

"오빠 이것 좀 봐."

"왜?"

묘한 표정의 미도가 카드 하나를 내밀었다. 그 안에는 검은줄무늬를 가진 돌돔과 예쁜 눈을 가진 감성돔 두 마리가 그려져 있었다. 그리고 그 곁에는 커다란 남방큰돌고래가 한 마리가 그려져 있었다.

"어디서 났어?"

"이 테이블에 있었어."

"아까 그 손님…… 혹시."

중도의 머릿속에 이 그림 속 한 사람이 떠올랐다. 두 사람이 먼저 인간화되어 바다를 떠나면서 마지막 인사도 나누지못한 돌고래였다. 말 한마디 쓰여 있지 않았지만 그 그림 속돔과 돌고래는 함께 웃고 있었다.

에필로그 II

(평성)

    함경남도 요덕군의 제15호 관리소에는 수용 인원이 넘쳐 새 관리 건물을 짓는 공사에 한창이었다. 수감자 중 일부가 이 공사에 차출되어 다른 건물로 이동할 수 있었는데, 그중에는 리철용도 포함되어 있었다. 그는 감시자의 눈을 피해 흘깃흘 깃 하늘을 올려다보았다.

    높은 담벼락과 철장을 바라본 것이 아니라 주변을 맴도는 잣까마귀를 바라본 것이다. 보는 눈이 많을 때는 대놓고 쳐다 볼 수 없었지만 사람이 없을 때는 그 새를 눈으로 좇았다. 이 상하게도 줄곧 자신의 주위를 맴도는 느낌이었다. 사람이 많 을 때는 보이지 않다가, 리철용 주변에 사람이 없어지면 어디 선가 나타나 근처 철책에 앉아 그를 내려다보는 것 같았다.

새로 짓는 관리소의 건물 위로 벽돌을 나르고 내려오는데 그 잣까마귀가 다시 눈앞에 나타났다. 지켜보는 또 다른 눈이 없다는 걸 아는지 새는 리철용 앞에 슬그머니 잣알을 뱉어냈다.

이상했다. 잣알을 아무도 모르는 곳에 숨겼다가 그걸 잊지 않고 찾아내는 똑똑한 잣까마귀가 자신에게 잣알을 내주는 것이. 그러나 다가오는 발걸음 소리에 리철용은 떨어진 잣알을 허겁지겁 입안에 쑤셔 넣었다. 고개를 들었을 때 그 잣까마귀는 이미 사라진 지 오래였다.

얼마 후 잣까마귀가 다시 찾아왔다. 이번에는 두 마리였다. 두 마리 중 한 마리가 다가와 강냉이를 뱉어냈다.

다음 날도, 그다음 날도 그 잣까마귀들이 찾아와 먹을 수 있는 씨앗을 뱉어냈다. 3일째 되는 날, 리철용의 의심은 희미한 확신이 되었다.

그는 자신의 눈앞에 날아온 이 가녀린 새가 누구인지 알 것 같았다. 죽어가는 아비를 위해 제 목숨을 걸고 찾아온 귀한 아이들, 길애와 길영이 아니면 누굴까. 그 한쪽 날개에 박힌 까만 점 하나는 길애의 팔에 난 점과 똑같은 위치에 있었다.

리철용은 새를 보지 않고 혼잣말하듯 나지막이 말했다.

"살아주어 고맙다."

잣까마귀들은 그 소리에 답하듯 길게 울었다. 리철용은 고개를 돌린 채 흐르는 눈물을 닦았다. 그는 한순간도 잊어본 적이 없는 딸과 아들을 만났다는 벅찬 기쁨을 함부로 드러낼 수 없었다.

"고맙고도 또 고맙다. 길치만…… 다시는 여기를 찾아오지 마라. 새의 몸일 때 남으로 가서 자유를 찾아. 나는 무슨 일이 있어도 여길 나가서 너희한테 갈 거니 돌따보지 말고 최선을 다해 살아야 한다."

그러나 무슨 이유에서인지 새가 단호하게 고개를 내저었다. 리철용은 자신도 모르게 큰 목소리가 새어 나갔다.

"어찌 기러니?"

까아악. 작은 목소리로 속삭이던 잣까마귀 앞으로 검은 그림자가 다가왔다. 새를 잡으려 달려드는 재소자를 리철용이 온몸으로 막았다. 목숨을 걸고 먹으려는 자와 제 목숨을 내놓고 지키려는 자가 한데 뒤엉켜 흙바닥을 구르는 사이 새들이 달아났다. 눈앞에서 귀한 새를 놓친 재소자가 화를 내며 말했다.

"동무 미친 거 아니오? 저 새 한 마리 잡으면 죽은 송장도 살아날 판인데."

"일없소."

곁에 있던 다른 재소자가 고개를 갸우뚱거리며 말했다.

"근데 저 새는 요 며칠 내리 여기를 날아다니던데 혹시 요즘 나어린 춘정기 애들이 변한다는 동물인간 아니간?"

"당에서 동물로 변한 애들을 싹 잡아 가둔다는데 무슨 소리를 하는 거이가. 특히 저렇게 남으로 내빼기 쉬운 새들은 특별 대상 1호라 밖으로 나다니지도 못한다고. 쏘다니는 새 인간들은 죄다 부모가 보위부 사람들이란 소리가 있어."

"아니, 동무는 기걸 알고도 저 새를 잡아먹자는 말이 나왔시오?"

"내가 곧 죽게 생겼는데 새고기인지 사람고기인지 알 게 뭐이가?"

두 사람이 옥신각신하는 사이 리철용은 하늘로 날아가는 새를 오래도록 눈으로 좇았다. 새들 역시 먼 상공에서 자신을 바라보고 있는 아버지를 돌아봤다.

이것이 한 장의 그림이라면 가장 밝은 자유를 얻은 한 가족과, 가장 어두운 감옥에 갇힌 또 다른 가족을 한 프레임에 담은 서글픈 장면일 것이다. 그럼에도 감옥의 아버지는 희망을 놓지 않았다.

빛과 그림자가 인생의 한 지점에 함께 머무르는 것이 나쁘지 않다고 생각했다. 아이들은 밝음 속에 있기에 어둠을 알 수 있고, 자신은 어둠 속에 있기에 그 빛의 존재를 더 소중히 생각할 수 있었다.

명암이 뚜렷한 순간을 살고 있다고 해서 불행한 것은 아니었다.

길애 역시 아버지의 불행이 완전한 어둠이 아님에 감사했다. 길애는 죽은 줄 알았던 아버지가 살아계시고 혁명화 구역에 있다는 사실만으로도 기적이라 생각했다.

해가 져서 공사장을 내려가야 할 때 리철용은 일부러 제일 마지막 일감을 받아 남았다. 사위가 어둑해질 무렵, 다시 그 새들이 나타났다.

잣까마귀는 주변에 사람이 없는 것을 확인한 뒤 도토리 하나를 조심히 굴려 그에게 보냈다. 유독 두껍고 껍질이 단단해 보이는 그 도토리에는 이상하게 긁힌 자국이 많았다. 언뜻 보면 대수롭지 않은 자국이었지만, 가만히 들여다보면 그 자국들이 하나의 글자로 보였다.

平城

아무렇게나 뻗어나간 획들이 모여 '평성'이란 단어를 이루고 있었다. 무심히 보아서는 읽을 수 없게, 긁힌 자국 같지만 공들여 쓴 글씨였다. 단 두 글자였지만 리철용의 마음은 울컥했다.

평양에서 멀지 않은 곳이라 아이들과 차로 지나가며 잠시 평성의 시장에 들른 적이 있었다. 평양에서도 구하기 힘든 중국산 최신 노트북을 그곳에서만 구할 수 있어서였다. 아이들은 평양도 아닌 다른 도시에서 이렇게 비밀스러운 자유경제가 형성되어 있다는 사실에 놀라워했다. 가장 남조선을 닮은 곳이라는 리철용의 말에 길애와 길영이 했던 대답이 기억났다.

"아바디, 굶어 죽을 것 같으면 여기 와야 되갔시오."

"어째서?"

"드러내고 흐르는 대동강 물보다 밑으로 흐르는 지하수가 더 떠 먹기 좋지 않갔시오? 이제 보니 여기 사람들은 평양 사람들보다 볼살도 더 통통하구만요."

우스갯소리로 넘겼던 말이 아이들을 살려준 씨앗이 된 걸까.

평성이란 두 글자에 그때 하지 못한 많은 이야기가 담겨 있었다. 일가친척 하나 없는 평성에서 아이들이 굶주림과 추위를 견디며 어떤 삶을 살았을지 짐작이 가고도 남았지만, 리철용은 아이들이 전해준 이름에 감사함을 느꼈다.

거리로 내몰렸을 아이들이 그곳에서 단단하게 뿌리를 내리고 아비를 기다리고 있다는 건 아이들에게 누군가가 건넨 온정의 손길이 닿았음을 의미했다. 조금 덜어준 옥수수죽 한 그릇이었을 것이고, 몰래 내어준 신발 한 짝이었을 수도 있었을 터. 그 힘으로 이곳까지 아비를 찾아온 것을 보면 아이들은 잘 자라고 있다는 뜻이었다.

그래서 그곳에서 아비를 기다리겠노라.

무사히 살아남아 다시 만나길.

그러니 아버지도 희망을 잃지 말고 꿋꿋하게 참고 견디며 살아내 주시길.

그 모든 의미가 단 두 글자 '평성'에 담겨 있었다.

고개를 들어보니 두 마리 새는 뒤를 돌아보지 않고 곧장 남으로 날아가고 있었다. 아련히 멀어지는 새의 뒷모습이 하나의 점이 될 때까지 그는 어둠 너머를 바라보았다. 그리고 양지바른 곳에 그 도토리를 잘 묻었다. 당장의 배고픔으로 먹어 없애면 사라질 것이지만 싹을 틔우면 아름드리 참나무가 되어 자신과 또 다른 이들의 희망이 될 귀한 씨앗이었다.

어둠이 깊어도 희미한 달빛과 별빛이 내려갈 길을 비춰주어 외롭지 않았다. 힘든 몸을 누이고 잠을 청하면 오늘이 끝날 것이고, 비록 고역이 기다린다고 해도 오늘보다 조금 더 나을 내일이 올 것이라 믿었다.

그리하여 새 계절이 돌아오고 있었다.

열다섯에 곰이라니 2

초판 1쇄 발행 2024년 8월 16일
초판 3쇄 발행 2024년 10월 18일

지은이 추정경
펴낸이 김선식

부사장 김은영
콘텐츠사업본부장 임보윤
편집 김정택, 이슬 **책임마케터** 이고은
콘텐츠사업10팀장 김정택 **콘텐츠사업10팀** 이슬, 이나영, 김유리
마케팅본부장 권장규 **마케팅2팀** 이고은, 배한진, 양지환 **채널2팀** 권오권, 지석배
미디어홍보본부장 정명찬 **브랜드관리팀** 오수미, 김은지, 이소영, 박장미, 박주현, 서가을
뉴미디어팀 김민정, 이지은, 홍수경, 변승주
지식교양팀 이수인, 염아라, 석찬미, 김혜원
편집관리팀 조세현, 김호주, 백설희 **저작권팀** 이슬, 윤제희
재무관리팀 하미선, 임혜정, 이슬기, 김주영, 오지수
인사총무팀 강미숙, 김혜진, 황종원
제작관리팀 이소현, 김소영, 김진경, 최완규, 이지우, 박예찬
물류관리팀 김형기, 김선민, 주정훈, 김선진, 한유현, 전태연, 양문현, 이민운
외부스태프 디자인 형태와내용사이 **일러스트** 쩡찌

펴낸곳 다산북스 **출판등록** 2005년 12월 23일 제313-2005-00277호
주소 경기도 파주시 회동길 490
전화 02-704-1724 **팩스** 02-703-2219 **이메일** dasanbooks@dasanbooks.com
홈페이지 www.dasan.group **블로그** blog.naver.com/dasan_books
종이 신승아이엔씨 **인쇄** 정민문화사 **후가공** 제이오엘앤피 **제본** 정민문화사

ISBN 979-11-306-7104-8 (43810)

다산북스(DASANBOOKS)는 책에 관한 독자 여러분의 아이디어와 원고를 기쁜 마음으로 기다리고 있습니다.
출간을 원하는 분은 다산북스 홈페이지 '원고 투고' 항목에 출간 기획서와 원고 샘플 등을 보내주세요.
머뭇거리지 말고 문을 두드리세요.